# たぶん私たち一生最強

小林早代子

新潮社

たぶん私たち一生最強

Contents

プロローグ　7
あわよくば一生最強　9
イケてる私たち　45
ニーナは考え中　83
よくある話をやめよう　119
勝手に踊るな！　151
女と女と女と女　187

# たぶん私たち一生最強

# プロローグ

うちらの時代は終わった。

その生まれたての赤ん坊を前にして、四人の女たちは思い知らされていた。へその緒を切られて体を拭かれ、母親の胸の上にうつ伏せているその小さい生き物は、四人が打ちのめされてしまうほど圧倒的な「始まり」のかたまりだった。

赤ん坊があまりにも始まりに満ちていたから、誕生が深夜だったのにもかかわらず、私たちは彼女を「朝《あさ》」と名付けてしまった。

朝、あなたには四人の母親がいます。これまで幾多の夜をともに過ごしてきた私たちにとって、あなたはにわかに差し込んだ朝陽だった。

あなたは始まりのかたまりで、私たち四人の決断のかたまり。

生まれる前からワケありでごめんだけど四人の一生かけてあんたを幸せにする、うちらのできる限り多分。

# あわよくば一生最強

もうさー女友達と一生暮らしたいんだよね最近は！　この時のために一週間生き延びているると言っても過言ではない土曜日の夜、花乃子《かのこ》はハイボール（濃いめ）のジョッキをテーブルにごりんと叩きつけるように置いた。高校時代から十年付き合った雄太《ゆうた》との交際に終止符を打っておよそ半年、未だ新鮮に気が動転し続けている花乃子の言動に、澪《みお》も亜希《あき》も百合子《ゆりこ》も一切動じることなく肉を食い続けている。

「どうせどの男ともいずれはセックスなんかしなくなって友達みたいになるんだよ。だったら長年培った友情のもと女の子と家族になった方が良くない？」

「女同士で子どもがつくれりゃあそれでもいいんだけどねー」

酔いが進んで肉がたまりだした花乃子の小皿は飛ばして、亜希と百合子に手際よく肉を振り分けながら澪が言った。

「そうなんだよ！　それが問題なの！　私じゃ子どもをつくってあげられないばっかりに女友達を男なんかに取られちゃうんだよ！　くそっ、私に女の子との子どもをつくる機能さえ備わっていれば大事なお前たちを男なんかに取られやしないのに！」

花乃子の大げさな言い方に三人はげらげら笑う。

「でもさー絶対楽しいよね女友達と暮らしたら」

「思うわー」

「お互い三十になっても相手いなかったら結婚しようね～って男と約束するよりお互い三十五になっても相手いなかったら家族になろうね～って女の子と約束する方がずっとワクワクしない？」

「超ワクワクする！」

「じゃあ私が三十五歳になっても相手がいなかったら誰か結婚しよーよ」

「三十五で大丈夫か？　四十くらいにしとかない？」

「一瞬なんだろうな～三十五なんて。もう十年切ってるでしょ。遥か先の未来と思ってた東京オリンピックがもう来年よ？」

　確かに～てか東京開催が発表されたのっていつだっけ？　その場でググると二〇一三年だということがわかる。二〇一三年て。微妙。その頃私たち、二十一歳。みんなどの男と付き合ってたっけ。まだギリで処女だったやつもいたんじゃない？

「七年後なんて一生来ねーよって思ってたよねー」

「とはいえ来てるよねー眼前に迫っているよねー」

「七年後とか二十八歳かあ～産休でもとってゆっくりオリンピック見よっかな？　って思ってたよねー」

「微塵もないよねーその兆候」

「唯一いけそうだった花乃子もこの有様だしね～」

「でも今からがんばればオリンピック産休大作戦もいけるくない？」

「産んじゃう？　全員で。できなかったやつ罰ゲームにする？」

「着床カウントダウン始めちゃう？」

「いやいやいや話聞いてた？　私、マジでこの中の誰かと死ぬまで暮らしたいと思ってんだけど。マジなんだけど。四人全員とは言わない。この中の誰か最低一人でいいから私と添い遂げてほしい」

「そんなこと言ってさー、花乃子が一番最初に男つくって裏切ると思うよ」

澪の言葉に、亜希と百合子も「ほんとそれ」「目に見えてる」と同意する。十年ぶりにフリーになったこの半年間、花乃子はタガが外れたように男と遊びまくっていた。

「信用ねえな！　でも私もそう思う！」

なぜなら私は！　男が大好きだから～！　男最高!!　男～！　いつも抱かせてくれてありがと～～～!!　と言いながら花乃子がハイボール（濃いめ）を飲み干し、バカだ～こいつバカだ～ウケる～と言って百合子が追加のハイボール（濃いめ）を注文する。

ここのところ、もともとお上品なタイプとは言いがたい花乃子の下品で軽薄な言動に拍車がかかっていた。それを失恋による動揺の表れと他の三人は解釈していたが、だんだんとこいつは本質的に骨の髄から下品で軽薄な人間なのでは？　とも思い始めていた。今となっては二十六になるまで雄太ひとりと大人しく付き合っていたことが信じられない。

高校の同級生だった四人は、それぞれ微妙に疎遠になった時期もあるけれど——百合子がノリで申し込んだ交換留学プログラムにあっさり合格して一年間カナダに留学したり、花乃子が漫研の幹部になってサークル運営と自身の創作に夢中になっていたり、澪が優良JTCに新卒入社したかと思いきや社内随一の激務部署へ配属され毎週のように休日出勤を余儀なくされていたり、亜希が供給過剰なジャンルの沼にハマってネットパトロールとチケットの手配に心血を注いでいたり——これといって大きな諍《いさか》いもなく、かれこれ十年以上つるんでいる。元からわりとよく飲む面々ではあったが傷心にまかせてクソほど酒を飲む花乃子に引っ張られるようにして全員ことさらによく酒を飲むようになり、過半数の人間に先に酔っ払われると冷めちゃっておもしろくないので最近はヨーイドン泥酔の真剣勝負で酒を飲むようになった。長い時間を共に過ごしていると、酒の飲み方だけではなく生理周期が似てきたり彼氏のいない時期が全員被ったりする。

ピンボールのようにあらゆる角にガンガンぶつかりながらトイレから戻ってきた花乃子を見て「マジこいつすげー酔ってるじゃんおもしろ〜」と百合子が笑った。

「当たり前じゃん今日は誰よりも酔いたいからわざわざ献血してから来てんだよこっちは」

「花乃子、男いない時の方がおもしろいから一生男つくんない方がいいよ」

「あ？　だから男抜きで一生一緒に暮らそーって何度も言ってんだろが。ちゃんと話聞けって。マジさ〜私と暮らしたら一生楽しませっから。見とけよ。私と暮らすのがどんだけ楽しいか思い知らせてやるよ」

「でも確かに、この四人で住んだら絶対超楽しいよね。毎日」

去年、いちばんでかいテレビのある澪の家で酒飲みながらM-1グランプリ見たの超楽しかったよね、という話で盛り上がる。ちょうど同い年の霜降り明星が優勝して、全然関係ない花乃子たちもなんとなく優勝したみたいな気持ちになったのだった。家に一人でいるとついついネットの動画ばっか見ちゃうけど友達と見るテレビってめっちゃ楽しくて、あれ？　テレビってもしかして結構おもしろいんじゃね？　って新鮮に思えた。ああいうのが毎日できるってことでしょ。最高じゃない？　みんなでMステとかゴッドタンとかさー、リアタイしようよ。会社のつまんねえ飲み会なんか全部ブッチしてさあ。

そんなことを話していると、一刻も早く四人で一緒に暮らすべきなんじゃないのかという思いが花乃子の中にむくむくと湧き上がってきた。「じゃあさじゃあさ、とりあえず二年くらいルームシェアでもしてみない？　試しに」という提案は、亜希と百合子には「悪くないね、一人で住むより経済的だし」「今しかできないし実際アリかも」と好感触で受け入れられ、澪に至っては筆記具まで取り出して全員の家の契約期間を確認し始めた。頭を寄せ合って最適な立地を考えたり、家賃はいくらまでなら出せるか、4LDKを探すならいっそ一軒家を借りるのはどうかなどと検索しまくっているうちに、いよいよ全員スマホを繰る目がマジになってくる。やろうと思えばできちゃうんだから大人って楽しい。

とりあえず転職したいが口癖となっている亜希の転職先が決まり次第四人の勤務地を加

味して具体的に物件を絞り込もう、と議長の澪が宣言すると、「えーやばーてかそもそも選考のための有休とれるかなー」とかへらへらしてる亜希のスマホを百合子が奪い取り、希望条件をヒアリングしながら素早く企業を見繕いその場で二社エントリーさせて焼肉屋を出た。アルコールで火照《ほて》った手をそれぞれ重ね合わせ、ルームシェア元年、イエーイ！と夜空に掲げる。この四人で暮らす二年間は、何物にも代えがたい輝かしいものになるだろう。二十六歳独身の私たち、東京の主役。別れがたくなって、誰からともなく、なんかさ〜、帰りたくなくない⁉　と言い合って、全員ふらつきながら澪の家に向かう電車に乗り込んだ。

最寄り駅につくと、コンビニに吸い込まれてあれこれ買い込む。四人とももう感情と声量のコントロールができなくなって、道端でつまずいて転んだ亜希を囲んで息ができなくなるくらい笑った。家に入ってからはもう大声でお喋りするわけにはいかないので、くすくす笑いをこらえながらかわりばんこに風呂に入る。ベッドとその脇の床に敷かれた布団に二人ずつ寝そべって半時間も経つ頃、やっと会話が途切れがちになってきた。いつもはバカ話で笑い転げている四人だけど、とろみのある眠気の中でこうして近い距離に寝そべっていると空気が甘ったるくなり、何だか普段言えない大事なことが言えそうな気がしてくる。

とはいえ、普段言えないようなことで、みんなに知っていてほしい大事なことって一体なんだろう。何か大事なことを言いたいもどかしさはあるけれども、具体的に何を言いたいのか酔った四人には判断がつかない。

それぞれ仕事や男の愚痴を冗談めかして話すことはあっても、自分たちにとって本当に切実なあれこれを四人で話し合うことはあまりなかった。抗いがたい感情の波に襲われて身を縮め息を潜めている一人の夜には、みんなにこの苦しみをわかってほしい、次にみんなに会ったら絶対に話を聞いてもらわなければと強く思うのだけど、いざ顔を合わせると、伝えたかった重たい言葉はたちまち霧消し、しんどかったことがどうでもよくなって流れる楽しさに身を任せてしまう。四人でいると親しさが高じて自分たちだけに共通するノリとニュアンスで寸劇めいた会話を永遠に続けることができるから、結局意味のない話で何時間も潰してしまい毎回大事なことを伝えそびれる。別の友人に、そういえば澪ちゃん後輩の指導に苦労してるって言ってたねー大丈夫かな？　とか当然あなたは知ってるでしょうってふうに伝えられたけどこっちはまるで初耳だというようなことがままあり、ひょっとして、私たちはお互いのことを実際はよく知らないのではないか？　という懸念を抱くこともある。たとえば澪と亜希と百合子は、自分の失恋を茶化して笑う花乃子も内心では傷ついているのだろうと漠然とは感じていても、彼女が雄太との交際中にセックスレスに悩んでいたこともそのさなかに浮気されたことも知らないし、ましてやその事実に未だ苦しみ続けているなんてことは知る由もないのだった。悩みを打ち明けて慰めあったり遊ぶたびにいちいちインスタに投稿したりしない四人がともに過ごしてきたこの十数年でいったい何か積み重なるものはあったのだろうか。でも私たちは四人でバカ笑いしながら寸劇できてればそれでいいから。

誰かが口火を切るのを待つような、焦《じ》れったくくすぐったい沈黙ののちに、澪が「ねえ、結婚したいとか、子どもほしいとかって、思う？」と口を開いた。

花乃子たちは、そういう人生の大きなことを一切話し合ってこなかったから、他の三人がそれぞれ結婚したいのか子どもを持ちたいのかを知らない。親友に結婚および出産願望があるか、把握しているのがフツウ？　みんな、別の友達とはそういうこと話してる？　そもそも、四人とも自分自身がどう思っているのかすらよくわかっていないのだった。

うーん、と考えあぐねたまま花乃子が言う。

「雄太と付き合ってた時はいつか結婚して子どもつくるもんだと思ってたけど。別れてから、自分がどうしたいのかわかんなくなっちゃった」

「私も結婚したいかはわかんないけど……夫も子どもも持たずに、何十年もひとりで楽しく老いてく自信がない」

「今は楽しいんだけどねー」

「自分に飽きちゃいそう」

「ネットで見たんだけど、金、仕事、愛のうち二つに満足できてれば幸せな人生なんだって」

「二つってむずいでしょ！」

「私今んとこいっこも満たされてないんだけど」

「愛の部分がさ、友情じゃだめなのかな。友情って恋愛より弱いのかな」

「友愛でもいいんじゃない？　愛は愛だし。家族愛とかさ」

「友愛でいいんだったら私らとりあえず一つは全員クリアしてるじゃん！」

「うちら、愛情溢れる四人組だもんね」

「これから二年間、愛に溢れる家庭をつくってこうね」

　亜希が軽い調子でそう言って、四人はそれぞれにめくるめく二年間を想像する。

「二年も一緒にいたらさ、一生一緒にいたくなっちゃうんじゃない？」

「なっちゃうよー絶対！」

　どうしよう！　と百合子は枕を抱える。

「ねえほんとにさ、私たち、家族になることにしようか。一生一緒に暮らそうか。そういう人生も悪くなさそうじゃない？」

　花乃子の言葉に、床で寝ていた亜希と百合子もがばっと体を起こす。ベッドの上の花乃子と澪もいつの間にかうつ伏せの姿勢で上体を起こしていて、四人で顔を見合わせてにやっと笑った。

「悪くない！」

「むしろ良い！」

　それは四人にとって、まだ見ぬ男と好き合って結婚し子どもをつくることよりもずっと実現可能性が高く、確かな幸せが約束されているように思えるプランだった。

「二年なんて言わずに、四人でずっと一緒に住み続けようよ。誰かが適当につくってきた子ども、みんなで育てたっていいしさ」

花乃子が言い、澪も同意する。

「そもそもさー、年齢も性別もバラバラの人間たちが血が繋がってるってだけで家族やるより、同年代の同性が寄り集まって暮らす方が効率いいに決まってんだよな。色んなもんシェアできるし」

「出た～澪の合理性至上主義」

「効率で家族やるなよ～」

「花乃子がやっぱ男の方がいいから出ていくって言い出したらしょうがないけど、その時は三日三晩送別会しようね。脱出ふざけんなパーティー」

「そんなもん脱出じゃねえ！　脱落だ脱落！」

「なめんな！　私は絶対に脱落しない！　絶対に全員看取ってやるから不穏なデータの削除ちゃんとしとけよ！」

あははっと笑って、また全員布団に潜り込めば、ようやく本格的な眠気が四人に降りかかり、全員似たような夢を見ながら眠った。そして翌日の昼頃のろのろと起き出して、ダル着のままスーパー行って食材買い込んでホットサンドをつくって食べて、食べ過ぎて、もう一生腹減んない気がすると言いながらNintendo SwitchでマリオパーティとQ大乱闘スマッシュブラザーズを交互にやってたらあっという間に日が暮れて、じきに来る月曜の重たさが四人に徐々にのしかかる。死ぬまでこうしてたいな、と思う一方で、もし本当に私たちが家族になれたら、死ぬまでこうしていられちゃうのかーと思って、幸福の予感にちょっと怖気《おじけ》付く。

遊びの時間が終わって四人にも平等に月曜日がやってくる。澪が稟議承認スタンプラリーの段取りと根回しのテクニックを課の後輩に伝授したり、百合子が確認を急いでいる案件のレイアウトよりもまず容姿を誉めてくるプロジェクトマネジャーを強めに諫めたり、亜希が独り言なのか話しかけられているのか微妙に判断つかない先輩のぼやきを失礼にならない程度にやり過ごしながら虚無顔で弁当を食べたりしている時、花乃子はまだ自宅のベッドで横たわっていた。

花乃子は昨年電子部品メーカーの総務の仕事を辞め、専業少女漫画家として活動していた。いい加減に起き上がって原稿に着手しないといけない時間になっていたが、楽しかった週末の揺り戻しの死にたさに襲われ、午後になってもベッドから出られずにいるのだった。

四人でいる時はとにかくひたすら楽しくて、踊り狂いながら街を歩いたりして、この先私何にでもなれるじゃん！　男と別れたなんて些細なこと！　漫画だってそのうち売れるっしょ！　って根拠なく無敵で楽観的になれるんだけど、その分翌日の揺り戻しがひどい。目覚めた瞬間から、ゆうべの万能感は何だったんだってくらい何もかもが不安になる。

死にてえな。とぼんやりと思う。

花乃子は、雄太と別れて初めて死にたいという感情を知った。

「死にたい」というのは正確ではなく、より言葉を尽くすならば、「五年後か二十年後かは知らないが遅かれ早かれ心から死にたいと感じる日が来ることへの恐怖」が花乃子を襲うようになったのだった。今はまだ、目先の楽しいこともあるし。若いし。セックスする相手もいるし。心から死にたいわけではなく、いろんなことが深刻じゃないけど。でも十五年後の自分はどうなの？　男も寄り付かず、漫画の売り上げもぱっとせず、友人たちも家庭を持って今みたいにつるんでられなくなったら私はいったいどうするの？　いつか本当に深刻に死にたいと感じる日が来そうで怖い。要約すると死にたい。

花乃子は布団の中で目を閉じたまま、ゆうべ四人で交わした会話をひとつひとつ思い出すことで少しずつ死にたさを払拭し、机に向かう力を蓄えていった。早くみんなと住んで、揺り戻しに襲われる隙なんてないくらい毎日最強になりたい。


焼肉屋でシェアハウスについて話し合った日から二週間後の夜、澪と亜希と百合子は上野の韓国料理屋でチーズタッカルビを食べていた。花乃子が欠けていてもそれなりに盛り上がるが、それは四人揃った時のぴったりと満ち足りたような快感とは程遠く、普段の75%程度の盛り上がりでしかない。今日のように誰かが欠席したり遅れてきたりすることはもちろんあるけど、ホットなトピックは全員揃っていないと何となく切り出さない暗黙の了解がある。人生の進捗をみんなにリアルタイムで把握してほしいから、みんなに聞いてもらいたい話題がある時に四人揃わないと歯がゆい気持ちになる。

その頃花乃子は、三人が食事をしている店にほど近いタイ料理屋で、マッチングアプリでマッチングした男と会っていた。ときめきもないが不快な男でもない。つまり決め手がない。何か決定的なマイナスポイントがあればソッコー店を出て三人と合流しようとそわそわするが男は尻尾を出さない。何を話していいかわからず酒ばかり進む。メコンハイボールを飲みまくって酔いが回って、どうせ私は孤独に死ぬ、孤独に死ぬんですよとうわごとのように繰り返せば、あなたはまだ若いしじゅうぶん魅力的だから大丈夫ですよと慰められる。これは傷心ハラスメントといって過剰に自虐することで相手に無理やり自分の人生を肯定させる花乃子の常套手段である。タチが悪い。本気で思ってるわけじゃないのに口に出すことで本当に孤独に死ぬ未来を手繰り寄せているような気がして末恐ろしくなる。ふざけんじゃねえ！　いいか、絶対に私は孤独に死なねえからな。

「解散した。今どこ?」と花乃子からグループＬＩＮＥに連絡が入ったのを合図に、三人も会計を済ませて店を移動する。二次会の居酒屋にやや遅れて到着した花乃子はガンガン壁にぶつかりながらこちらにたどり着き、あ〜くそ気持ちわりい、と吐き捨ててドスンと腰を下ろした。

「よくわかんないけど気に入られたっぽい。次は寿司食わせてくれるらしい」と呻くように花乃子は言った。

「マジ？　初デートでこんな泥酔しちゃってんのに？　どんな男？」興味津々の様子で百合子が尋ねる。

「えーなんか人畜無害にちんこついて歩いてるみたいな男だった」

花乃子が言うと、百合子が即座に「ちんこついてんだったらいいだろうが！」と言い、そうだよな！　ちんこついてんだったらいいよな！　と二人が笑い合う中で澪の表情はかたく、「てゆーか、まだマッチングアプリなんかやってたんだ？」と冷めた目で花乃子を見た。

「え？　まあそんなに熱心にはやってないけど」

花乃子が利用しているマッチングアプリは雄太に浮気された際に半ば当て付けの気持ちで登録したもので、ばからしくなって一度は退会したものの彼と別れてから再登録していた。

「相手の男のプロフィール、見せてよ」

ただならぬ雰囲気に気圧《けお》されながら、花乃子がアプリで今日会った男のプロフィールページを開いて渡すと、澪は眉をひそめながらじっくりスクロールする。

「……なんでこんな男にいいね押したわけ？全然おもしろそうじゃないじゃん」

「いや別に、なんとなくだよ」

花乃子はこれまでどうせなら話のネタになりそうな男と出会いたいと言って、自己紹介文をモールス信号で書いてるやつとか（モテる気あんのか？）、趣味の欄に「正夢」って書いてるやつとか（どういうことだよ）、淫売狩りがマイブームです！　って書いてるやつとか（よく見たら「渓流下り」だったから頭おかしいのは花乃子の方だった）、そういうオモシロ要素のある男にばかりいいね！を押していて、それによるオモシロハプニングが起こるたび嬉々として三人に共有していたのだった。

「だいたい世田谷区役所勤務って。遊びの男じゃないじゃん。完全に生涯を共にする前提の男にいいねしてるじゃん！　何がなんとなくだよ！　こいつの顔だって全然好みじゃないでしょ。お前が好きなのは顔が可愛くって肌が汚い男だって知ってるんだよ！」

「いや男って写真下手だから、基本的にプロフィール写真の印象よりだいぶマシなのが来るんだって」

「そんなこと聞いてないんだよ。やっぱ花乃子さー、女友達と一生暮らしたいとかさ、口だけだよね」

「え、澪なんか怒ってる？」

　不安そうに瞳を揺らして花乃子が言う。対角線の位置に座っている亜希と百合子は一度ちらりと目を合わせ、口を出さずに花乃子と澪の会話を見守っている。

「別に怒ってはない。ただ、男と別れて頭おかしくなってる花乃子の言葉を真に受けてちょっとでもマジになっちゃった自分にがっかりしてるだけ」

「ほんとに私、みんなと一生一緒に暮らせたらいいと思ってるよ」

「でも現に結婚相手探してるじゃん、アプリで」

「別に結婚相手探してたわけじゃないけど、安定した職業の男にぐっと来たのは認めるよ。私はさー、不安定な仕事してるから不安なんだって。もう毎日毎日ほんとに不安なの。不安で泣けてくんの」

「不安なのは私だってそうだよ」

「大企業勤めの澪と私とじゃわけが違うよ！」

「何それ。漫画家が不安定なのわかってて会社員辞めたのは花乃子だし、私が大企業に就職したから人生不安じゃないって思ってる？　結局花乃子はさー、何だかんだ言って男の方が好きなんだよ。精神的にも経済的にも、女より罪悪感なく甘えさせてくれるから！　女友達と支え合って生きていくのはやっぱ花乃子には難しいんだよ。あんたは支え合いたいんじゃなくてただ甘えたいだけなんだからさあ。もう女友達と住むなんて夢見てないで、潔く甘えさせてくれる男探せばいいよ、それも一種の就活だよ。若くて有利なうちに結婚目指せば？」

　とはいえそう花乃子に言い募っている澪自身も、現時点で本当に四人で一生一緒に暮らしていく覚悟があるわけではないのだった。それを他の三人もわかっていた。

　普段の四人ではありえないたっぷりした沈黙のあと、澪は「ごめん、言いすぎたね。最近仕事忙しくて、なんかイラついてたのかも」と決まり悪そうに謝った。「私もごめん」と花乃子も小声で謝る。

　花乃子たちは高校入学時から十年以上の付き合いになるけれども、喧嘩や言い合いのようなことをした経験はかつてなかった。それは仲の良さの裏打ちというよりは、これまでいかに深刻な、切実な話題にまともに取り合ってこなかったかの証明で、四人はいまそのツケを払わされていた。

亜希がためらいがちに口を開く。

「私たち、どうやったら不安じゃなくなるんだろうね。下手に選択肢があるから迷うのかな」

東京在住二十六歳大卒の四人には選択肢がありすぎて、心もとないほど自由だった。何を選んだって構わないはずなのに、いちばん大勢の人が乗ってて声がでかい「男と結婚して出産」ってプランがベタに幸せっぽいせいで迷うし苛立つ。女友達と暮らす人生！ってパッケージがAmazonで売ってて、☆5のレビューが百万件ついてたら安心できるのだろうか。幸せっぽさ、ぽさ、ぽさ。ぽさこそが全て。私たちには幸せと幸せっぽいものの区別がつかない。

「本当に、私たちの間に子どもができちゃえばもう迷わないのかもね」と花乃子がぽつりと呟いた。

「私、娘ができたら竹下通り行きたいなー一緒に」

花乃子たちは、いま直面している重要事項について、しっかり話し合うべき局面なのかもしれなかった。ただ、慣れない口論をしたばかりの花乃子と澪には気力がなく、臆病な亜希には蒸し返す勇気がなく、揺らぎの少ない百合子は切実さの輪郭をつかみかねていた。

四人とも、意味のないことにばっかり口がまわって、深刻さを保つ能力がなかった。ふざける以外に場の雰囲気をまとめる手段を知らない四人は、花乃子と澪が言い合ったことを帳消しにするように酒を多めに飲み、架空の子どもの話で盛り上がってまた例のノリに身を委ね、意味のない寸劇で大笑いして夜を更かしていった。

亜希の転職活動は遅々として進まず、ルームシェア計画も動かない。現在ＯＡ機器を扱う会社の営業事務として働いている亜希は「結局自分が次どんな仕事したいかわかんないんだよね～」と軽い調子で言うが、全員にとってそれが切実な問いであることも、答えが出せないことも明白で、誰からともなく、よっしゃじゃあ四人でキッザニアでも行くか～ってふざけてしまう。すぐさまググるとキッザニア東京は三歳から十五歳までしか職業体験できないが大人も付き添いというかたちならオッケーだということがわかり、亜希が今推してるアイドル研修生は十四歳であるので、おい！　一緒に行ってくれってお願いしろよ！　とひと盛り上がりする。

亜希の勤務先が決まるまで具体的に動き出さない段階にあるからこそ仮想シェアハウスの話は弾む。花乃子がグループＬＩＮＥに「それぞれの個室に東西南北で名前つけようよ。四神的な。澪ってなんか北の玄武っぽくない？」と送れば「玄武って咬ませ犬っぽくね？　嫌です」「私は朱雀がいい。譲れない」「ハリー・ポッターの寮の名前にするのはどう？」などと返事が来る。またある日は「シェアハウスでハリネズミを飼い始めました」と亜希が写真を送ってくる。「リビングにシロクマの椅子をおくことにしました」と澪が楽天のURLを送ってくる。「今日ノー残業デーだからシェアハウスそばの区民プールでひと泳ぎしてくるわ」と百合子が報告してくる。実際には何も動き出さないままイマジナリーシェアハウスのディテールは着々と充実していく。ついには百合子が「シェアハウスを引き払う前日の夜、床で酒を飲みながら全員で大泣きしました」と送ってきた時はさすがにいや勝手に完結さすなや！　と三人で怒ってやった。

花乃子と澪が口論した日から、マジレス無用のノリに拍車がかかっていた。言い合いなんてらしくないことしちゃったから、私たちらしさを取り戻すために誰からともなく過剰にふざけているようだった。しかし、話が弾めば弾むほどにルームシェア計画はどこかフィクションめいてきて、四人の手から遠のいていくような心細さがあった。

よく晴れた土曜日の午後、四人はそれぞれに髪を結い上げてパーティードレスに身を包み、白いクロスがぴっちりと引かれた丸テーブルに着席していた。この八名席には、花乃子たち四人と、その反対側には雄太を含む男子四名が腰かけている。式場受付で席次表を受け取って自席を確認した瞬間、花乃子以外の三人は肝を冷やした。四人の高校の同級生である新郎新婦は、花乃子と雄太が十年の交際に終止符を打ったことを知らず、（おそらく）善意で二人を隣り合わせの席に配置したのだった。三人が遠慮がちに花乃子の表情を窺うと、花乃子は席次表で顔をぱたぱた扇《あお》ぎながら「ははっ、うける」と呟いた。それは決して強がりではなく、心の底から出た純度百%の「ははっ、うける」だった。

丸テーブルに置かれている花乃子の席札には「花乃子ちゃん♡今日は来てくれてありがとう♡花乃子ちゃんも雄太くんと幸せになってね♡」と書かれた新婦直筆のメッセージがあり、隣の雄太の席を見るとだいたい同じようなメッセージが添えられていた（「雄太くんも花乃子ちゃんを幸せにしてあげてね♡」）。

お前が新郎かってくらい緊張の面持ちで現れた雄太に花乃子の方から歩み寄り、お互いの席札を指差して「ねえねえ見てよこのメッセージ〜」と笑いかけた。雄太および連れの男子たちはその一見和やかな態度に安堵した様子を見せたが、澪と亜希と百合子は内心舌打ちをする。花乃子はこういう場で条件反射的にピエロを演じてしまうタチなのである。内面に住まわせているピエロを飼い慣らせていないのである。つまり私たちの花乃子が割を食っているのである！　花乃子は「これほんと高度なジョークだよね〜写メ撮ろう写メ」と言って雄太と顔を寄せ合い、お互いの席札を顔の横に掲げて満面の笑みで自撮りを始めた。シャッターを切る瞬間の雄太のちょけた表情が腹立たしい。花乃子はスマホで画像を確認しながら「は〜まじでうける。これインスタにあげよ〜」とフリック入力を駆使して「しげくん桃ちゃんおめでとう！　言い忘れてたけど私たちは音楽性の違いで解散したのでした！　私たちの分まで幸せになってくれよな！　#しげもも wedding #このテーブルは戦場になる #再結成の余地ナシ」とコメントをつけてツーショットをインスタグラムに投稿した。ついさっきロビーで「Please tag your photos with #しげもも

wedding」という文言が記載されているハンドメイドのウェルカムボードに深い感銘を受けていた花乃子の瞬発力に感嘆しながら三人も素早くいいね！のハートマークを押した（結果的にこのタグで投稿された写真のうち最もいいね！数を獲得したのが花乃子と雄太の破局報告となる）。男子たちは、この光景を笑っていいものか迷って終始苦笑いしながら目をぱちぱちさせていた。

披露宴が始まってからも花乃子は快活に喋りまくり、進行に合わせて笑い声を上げたり大きく拍手したりと式を満喫している風《ふう》だった。これは決して機嫌がいいわけではなく強めに気が動転しているせいというのは三人の目には明白だった。雄太は終始ちらちらと隣の花乃子を気にして何やら話したそうにしているが、ピエロモードの花乃子は率先してテーブル全体に会話を振るなど、合コンで結局モテない女子みたいな振る舞いを続けているので雄太に構う暇はなさそうだった。

そんな中、男子のうちのひとりが当たり障りのない会話でお茶を濁そうとして「四人は今でもよく会ってるんだ？」と尋ねてきた。「よく会うどころかこれから一緒に住むんだよね私たち四人で。亜希の転職先決まり次第物件探し始めるの」と澪がにこにこと答える。

「え！　そうなの？　相変わらず仲良いねー」

雄太が目を丸くして言い、花乃子が笑顔で答える。

「うんそうなの！　めっちゃ楽しみ」

「でもさーそれって婚期逃しそうじゃない？　大丈夫？」

雄太の発言ににわかにテーブルが緊迫するが、花乃子は表情を変えずに赤ワインを呷って言った。

「いや、一生四人で暮らすから関係ないから婚期とか」

「一生？　どういうこと？」

「ルームメイトじゃなくて、家族になんの。私たち」

家族？　と怪訝そうにする雄太を尻目に花乃子はワインをお代わりし、披露宴は順調に進んでいく。新郎新婦の中座中に会場の照明が落とされ、新郎の手による二人の生い立ちやなれそめをまとめたムービーが映し出される。ＢＧＭが流れ始めた段階で、ああこれはまずいな、と四人は反射的に身構えた。二人で行ったイタリア旅行の様子やパジャマ姿で微笑む新婦の画像。四人とも新郎新婦が恋人時代に起こしたしょうもないゴタゴタのいくつかを知っているが、それでもこうして幸せの上澄みを抽出した幸せっぽさ一番搾りを見せつけられると否応なく泣けてくる。この涙、何の感情？　スクリーンに映し出されている二人のストーリーは、取り立ててインパクトのないよくある話だ。でもそのよくある話を私たちは誰も手にしていないし、ＢＧＭにキリンジを使用されたら泣くしかないし、キリンジを流すために著作権料をいくら払ったのかを考えるとさらに泣けてくるのだった。

その後、新婦友人による余興ダンスや両親に宛てた手紙の朗読などが行われ、感動的で非の打ちどころのない披露宴はつつがなく終わり、ひとつの正解のかたちを目の当たりにした花乃子たちはずっしりとした疲労を感じていた。新婦が妊娠中のため二次会は設定されておらず、四人は幸福な夫婦に見送られて会場を出る。

幸せっぽい披露宴の余韻で全員著しく口数が減っていた。つむじからつま先まで綺麗に整えられたこの体とその中のめまぐるしい感情を自分たちだけで正しく処理して、一刻も早く最強になる必要があった。

「もういいよ」

澪の家に向かう電車の中で、ドアに体を預けた亜希が言った。

「転職できんのいつになるかわかんないからさー、もうルームシェア計画進めよう。私、ルームシェア始めてから本腰入れて転職活動するよ」

「マジで⁉」

亜希の宣言に四人は活気付いた。今日の式で捻出された感情をシェアハウス計画の推進に充てるのは、考えうる限り最ものぞましい発散の仕方のように思われた。引き出物の重たさもむくんだ足の痛みもたちまち消え去った。

澪の家の狭い玄関にサイズの異なるハイヒールが四足並ぶ。おおよそ十センチ背の低くなった四人は、めいめいベッドやクッションに腰を下ろして乾杯した。今後の具体的なスケジュールおよび役割分担を澪が熱心に提案している中、花乃子が顔色を変えてスマホを気にし始めたので、亜希が「どうかした？　なんか仕事の連絡？」と尋ねると、花乃子は「雄太からメッセージ来てる」と早口で答えた。

「何て？」

「話がしたいって」

四人で顔を寄せ合って花乃子のスマホを覗き込むと、雄太から「今どこにいる?」「ちょっと会って話せないかな」などとメッセージが届いていた。

どうしよう?　どうしたらいいかな?　と動揺する花乃子に、澪は「呼んだらいいじゃん。ここに」と言った。

「でも」

「いいから。呼べ」

澪は有無を言わさぬ口調で言った。亜希と百合子は思わず顔を見合わせるが、花乃子はそれに従ってメッセージを打ち込んだ。

数十分後、澪の家にインターホンの呼び出し音が鳴り響く。四足の華奢なハイヒールの中に丈夫そうな黒のストレートチップシューズが鎮座して、狭い玄関がさらに窮屈そうになる。

花乃子の隣に腰を下ろした雄太が居心地悪そうに、「えっと、ちょっと花乃子と二人にしてもらってもいい?」と切り出すと、「無理」と澪が間髪谷れずに断った。

「ここでできない話だったら帰ってください。私たちこれから物件決めの話し合いをしなきゃいけないので。なるべく長く住める良い家に決めたいし」

「終《つい》の住まいになるかもしれないしね」と百合子も真顔で言い、「となるとペット可の物件がいいよね」と亜希も続けて言う。「いっそ買っちゃうのも手だよね」とだんだん口調がいつものノリになっていくが、雄太は真に受けて隣に座る花乃子の肩を軽く摑んだ。

「マジで？　本当に一生四人で住む気でいるの？　花乃ちゃん、やっぱり考え直した方がいいって。俺たちもうすぐ二十七歳じゃん。もう子どももいる同級生だっているわけだしさあ。もっとちゃんとよく考えなよ」

雄太は花乃子を見つめて、切羽詰まったように話し出す。

「シェアハウスも、更新しないで二年とかでやめるんだったらまだいいよ。でもそれだって終わる頃には二十九歳だよ。ほとんど三十歳だよ。こんなこと言いたくないけど、男の三十と女の三十はわけが違うでしょ。ルームシェアはいつでもできるけど子どもはいつでも産めるわけじゃないんだよ。結婚適齢期の二年間をわざわざ捨てなくてもさあ、どうしてもみんなで一緒に住みたいんだったら老後だっていいじゃん！　今日の式だってさー、二人、すごい幸せそうだったでしょ。花乃ちゃんなら今からでも絶対良い男つかまえられるって！」

花乃子の方だけを向いて話していた雄太ははっと顔をあげ、三人に向けて取り繕うように言った。

「みんな良い子なんだから絶対結婚できると思うし、家族じゃなくてもママ友目指せばいいじゃんか！　それにほら、さっきの式でも百合子ちゃん見ていいなーって言ってるやついたんだよ？　シェアハウスとか言ってるから引いちゃったみたいだけど」

謎に少し得意げな雄太の表情に、百合子は露骨にオエッという顔をし、澪と亜希はそれぞれ苦笑した。雄太は花乃子に向き直って話を続ける。

「俺はさー、別れた今でも、花乃ちゃんのことをきょうだいみたいに大事に思ってるから言うんだよ。どうでもいい子が一生女友達と暮らすって言っても止めないよ。わかってよ。漫画の仕事だっていつまであるかわかんないんだし、俺は花乃ちゃんに普通に幸せになってほしくて言ってるんだよ。花乃ちゃんによその男と幸せになれなんて死んでも言いたくないんだよ本当は。ねえ、俺がどんな気持ちでこんなこと言ってるかわかる？」

　雄太は大事な話をする時いつも手を握るのを、花乃子はよく知っていた。その高い体温が、花乃子を今追い詰めている。

「別れる時さ、花乃ちゃん俺に言ったじゃん。俺たち、長く付き合って、きょうだいみたいな関係になっちゃったのが嫌だったって。俺ときょうだいみたいになったのは嫌だったけど、女友達と家族になるのはいいの？　ごめんだけど、俺それ全然わかんないよ。ねえ、それって逃避じゃない？　だったら俺たちってなんで別れたの？」

　真剣に話をする雄太の手には、目のくらみそうな幸せっぽさがつまっていた。この人といつか結婚したいと無邪気に思っていた時もあった。仲が良いと評判の二人で、共通の友人も多くいる。家族も雄太を気に入っていた。花乃子は、雄太自身ももちろん好きだったけれど、一緒にいることで多くの人から祝福されそうな雄太と花乃子というカップリング、二人のストーリーの幸せっぽさも愛おしく思っていた。雄太と花乃子には、うさんくささのない幸せっぽさがつまっていた。でもその幸せっぽさではやり過ごせない幾多の夜の重たさを、花乃子は乗り越える自信がなかったのだ。

「俺が、本当に花乃ちゃんのこと幸せにできればよかったのにね」

雄太が何かをぎゅっと我慢するような表情で言い、花乃子の目から涙がこぼれ落ちると、それまで静観していた澪が花乃子を引き寄せ、雄太をきっと睨んで言った。

「男がいないと幸せになれないと思わないでくんない」

亜希と百合子も即座に加勢する。

「そもそもお前が花乃子を幸せにできなかったんだろ」

「マジで白けること言うんじゃねーよ頼むから」

「むしろありがとう花乃子を返してくれて！」

「つか、私たちを考えなしみたいに言うけどさー、自分はどうなの？　ちゃんとしっかり考えた上で花乃子は既存のレールに乗るべきだと思ってるわけ？」

澪は、亜希と百合子とともに雄太に向かって矢継ぎ早に言葉を投げかけながら、やっぱり花乃子を一人で行かせないでよかったと実感していた。でも、これから四人で一緒に暮らし始めたら、ましてや家族になったら、いま花乃子が雄太に言われたようなことを、私たちはどのくらいの頻度で、どのくらいの熱量で周囲から言われ続けることになるんだろう。そのたびに私たちは迷うんだろうか。今日みたいに四人で団結できればいい、でも私たちが打ちのめされるのはだいたいひとりの時だから。

楽しそうだから一緒に住むんだ！　って手放しに言いたい。幸せっぽい誰かに怯えたくない。私たちだって祝福されたい！

　俯いて沈黙していた花乃子がついに口を開いた。

「ねえ、でもやっぱり私、子どもがほしいかもしれない」

「そうだよね？」

　雄太が勢いよく花乃子の手を取る。花乃子は、その手を握り返しも振り払いもしないまま淡々と言った。

「私たち、雄太との間に一人ずつ子どもつくって八人家族になるのはどうだろう。そうすれば子どもどうしに血の繫がりもできるし、本当の家族になれるよね」

　雄太の表情につかの間表れた期待はすぐに失せ、色濃い困惑へと変わる。

「花乃ちゃん、自分が何言ってるかわかってる？」

　澪と亜希と百合子は、息を飲んで考える。どっちだ？　これは花乃子が真剣に言っているのか、それともいつものふざけたノリ、マジレス無用の寸劇の一環か？　三人とも判断しかねて言葉が出ない。

「なんかもう、私、ほんとにみんなとの子どもほしくなっちゃったんだよ。四人で本当の家族になりたいよ。もう一秒も迷いたくないの」

　花乃子が真剣だということが語尾の震え方でわかったが、わかったからこそ澪も亜希も百合子も何も言えない。意味のないふざけた会話なら何時間でも続けられるのに、肝心なところで言葉が出ない。切実な響きを感じ取った瞬間怖気付いてしまう。

静寂の数分間が過ぎ、得体の知れない何かに背中を押されるようにして百合子がおずおずと喋り出した。

「花乃子の前衛的な提案を尊重するとなると、ここで気になるのは受精方法ですが……」

一瞬部屋の時が止まった。

「着床するまで全員と寝るってこと？」

亜希がそれに続く。

「それはさすがに恐怖政治すぎ」

澪が笑い混じりに言う。

「産む順番どうやって決めよっか？　殴り合う？」

「そこはうちらの鉄砲玉こと百合子からいくっしょ」

「いいけど、お前ら第一子からめっちゃ可愛がれよ。愛も財も全力注げよ」

「つうか同じ男の子を産むにしても、私は普通に精子バンクから選んだ方がいいと思う」と言う澪に、花乃子は「なんで？　雄太、ちょっとバカだし背も低いけど顔は可愛いし人は好いし良くない⁉」と反論する。

ぐっと踏み込まれたアクセルで普段のリズムを取り戻した四人は、口々に推しの精子をほしがったりSF的解決を提案したりと会話が急速に大喜利めいてきて収拾がつかなくなる。露骨に嫌悪感を示していた雄太もつられてちょっと笑ってしまっている。

よおしわかったわかった、と言って澪はすっくと立ち上がり、テレビの方に近寄って

Nintendo Switch を起動させ「ひとまずスマブラで勝った人がどの男に精子もらうか決められることにしよう」と言い放った。

　かくして、花乃子たち四人と雄太はテレビの前に並んで座っている。「ねえ、さっきからほんとみんなして何言ってんの？　四人ともちょっとおかしいよ！」と抵抗していた雄太も、Switch のコントローラーを手渡されると、自棄《やけ》なのか覚悟を決めたのか大人しくキャラクターを選び始めた。バトルがスタートすると、四人は示し合わせたように雄太のチョイスしたピカチュウを付け狙って執拗に攻撃を仕掛ける。その奇襲に雄太は「えっちょっと、そういう感じ？」と面食らうものの男子のスマブラスキルは甘くなく、巧妙に立ち回るピカチュウのダメージはなかなか蓄積していかない。普段四人でやる時は誰が何を言っているか拾いきれないくらい大騒ぎしながら戦うのに、全員唇をきゅっと結び、画面を注視してひたすらコントローラーをちゃかちゃか言わせていた。

　私たちは、なんでいまこんなことになっているんだっけ？　スマブラで決着をつけることを提案した澪でさえもがそう感じていた。四人はひとたびふざけ始めると、自分たちでもコントロール不可能な大きな流れみたいなものが出現し、もう自分の意思でどうこうできなくなってひたすらそのノリに身をまかせるしかなくなる。澪がスマブラを起動させたのも、百合子が花乃子の提案を茶化したのも、決してそうするのが最善と思ったわけではなく、得体の知れないグルーヴに支配されていてそうせざるを得なかったのだ。私たちは、それに抗わないことで今日まで楽しくやってきた。

とはいえ、私たちは、花乃子の真剣な提案を、もっと真剣に受け止めるべきだったんじゃないか？　もしかして、私たちは今、ものすご～く、間違えているんじゃないだろうか？

私たち、な～にやってんだろ？　幸せってな～～んだろ？

押し黙ってプレイする中で、雄太が「ちなみにこれ俺が勝ったらどうなんの？　シェアハウス計画、いったん白紙にしてくれる？」と問いかけるが揃って黙殺する。五人のダメージ量を示すパーセンテージがそれぞれどんどん上がっていく。その数字の高まりに合わせて、花乃子たちの内なる何かも切迫していく。

ドレスアップした四人は、床にぺたりと座ってコントローラーを握り、一様にテレビ画面と向き合っている。打ち合わせることなく選んだドレスの色は見事にばらばらで、赤青黄緑の鮮やかなスカートのすそがふわりと床に広がって、上から見れば四輪の花のようだった。瞬きをするたびに、丁寧にマスカラを塗られたまつげがぱしぱしと音を立ててるけど、ゲーム音量が大きくて誰の耳にも届かない。ベージュのストッキングのつま先から透けて見える爪すらも、それぞれ今日のために鮮やかに彩られているのだった。

部屋には、ゲームBGMと、コントローラーのちゃかちゃか言う音だけが響き、五人は完全に無言だった。その沈黙を破ったのは、現状雄太の次に優勢な澪だった。意を決したように話し出す。

「迷わないための手段として子どもを持とうとするのは違うと思う」

花乃子と亜希と百合子は黙ったまま、目線と体勢は動かさずひたすらピカチュウをボコボコにしている。

「無理に子どもつくらなくても、私たちは一生一緒にいられると思う」

澪は、言い終わるのとほとんど同時に手をすべらせてコントローラーを取り落としたが、素早く持ち直した。百合子は狙い通りにコンボ攻撃をピカチュウに決めて、っし、と小さく声を漏らし、「花乃子が雄太と別れた時さー」と続けて言った。

「すぐ私たちにLINEくれたじゃん。その時さー、『十年分のセーブデータが消えた気分だわ（笑）』って送ってきたの覚えてる？」

三人は、その瞬間のことを鮮明に覚えている。その時澪は休日出勤していて、いつもより静かなオフィスで捨て鉢な気持ちで資料作成をしていた。亜希はよく行く喫茶店の気に入りのソファでネットサーフィンをしていた。百合子はあと一本でやめようと思いながら海外ドラマを三時間近く見ていた。

「私たちだってさー、高一の時からの仲だから、もう十年分以上セーブデータ持ってるわけじゃん、花乃子の。雄太が持ってた分が消えたくらいで悲しまないでよ。これからあとまだ何十年もあんだよ。あんたのセーブデータ、死ぬまで持っててやるからさあ」

戦いは終盤に入っていた。いつ脱落してもおかしくないダメージを負っている亜希も「私思うんだけど」と忙しない指の動きとは対照的に、ゆっくりと言葉を紡ぐ。

「もう十年も二十年も経てばさ、今時男女で結婚とか古くない？　って感じの社会になってると思うんだよね。なんかこう、制度も整ってさー、今よりずっと、私たちが明るく仲良く暮らしやすい感じになってるよ、わかんないけど」

澪の攻撃をかわしたピカチュウが、手際よく亜希にかみなりを食らわせた。

「わかんないけど……絶対そうなると思うんだよ、わかんないけど」

花乃子は、コントローラーを操作しながら、どこか気の抜けた表情で三人の言葉を聞いていた。

画面の中では、一進一退の攻防が続いている。

「今日の式さあ」

テレビ画面から片時も目を離すことなく花乃子が言う。「うん」と私たちは相槌を打つ。

「すごい良かったよね」

「うん」

「超良かった」

「綺麗だったね」

「ほんと、幸せそうだった」

表情を変えずに口だけを動かして花乃子が言う。

「私たちの結婚式もさ、今日みたいに天気のいい土曜日がいいよね」

私たちは想像していた、四人で挙げる結婚式の光景を。普段ならそれは、すぐさま口に出して共有して、何時間だって寸劇できるような詳細な想像だった。今夜だけは私たちは無言で、その式の様子を思い描いていた。よく晴れた涼しい土曜日の午後、四人とも真っ白なドレス着て、大口開けて笑って踊り狂って、金に糸目つけずに好き勝手なBGM流して、参列した全員が、こんな幸せで楽しい結婚式ないよって言い合うような、誰もが祝福せずにいられないような、ぴったりと満ち足りた非の打ちどころのない結婚式の想像だった。お色直しでは今日みたいにさ、みんなばらばらの色のドレス着よう。それぞれいちばん好きな色。ハッシュタグの名前なんにしよ？　世界中にシェアして、いいよ。

# 2

# イケてる私たち

朝方ホテルを出てササモトくんと別れ、乗客のまばらな電車に乗り込んだ。窓に雨粒が強く打ち付けている。東京に接近している大型台風は、今日の夜中にピークを迎える予報だった。普段は二十四時間営業の西友も、今日は正午に臨時閉店するとの張り紙がされている。一応立ち寄ってみたけど店内はがらんとしていて、中でもカップ麺や飲料水などは軒並み売り切れていた。

帰宅するとリビングで澪が熱心にポケモンをやっていた。花乃子と亜希はまだ自室で寝ているらしい。ただいま〜と澪に声をかけると、てめーセックス帰りかよきたねーなさっさと風呂入ってこいと一瞥もくれずに罵られた。いや口悪！　風呂入ってきたばっかだからむしろキレイなんですけどね〜と言いつつ雨に濡れていたので素直にシャワーを浴びにバスルームへ行く。

それぞれのカミソリやらボディスクラブやらがぎゅうぎゅうに押し込められているラックに手を伸ばし、自分のシャンプーをワンプッシュして手のひらで泡立てる。

シャワーを浴び終えてスキンケアとドライヤーをすませ、ジェラートピケのルームウェアに身を包んでリビングに戻ると、寝ぼけ眼の花乃子が入れ替わりにバスルームに入っていった。

百合子が高校の同級生である女友達と四人で暮らし始めて三ヶ月ほどになるが、日曜日に全員が終日在宅するというのは極めて珍しいことだった。東京に住み、東京で働く二十代の女たちの週末は、飲み会デート推し事ときどきお仕事で忙しい。

真っ昼間のリビングに四人が揃っている光景に、同じく起きてきたばかりの亜希が「なんか、人多っ」と笑った。「てゆーか、メシ多っ」

今回の台風には最大級の警戒を、と数日前からテレビやネットで呼びかけられ続けた四人が思い思いに備えを調達してきた結果、この家には大量の食料が統一感なく集まっていた。いつから保存してるかわからない冷凍食品もこの機会に片っ端から始末してしまう心算《こころづもり》らしく、四人がけのテーブルは食べ物と酒で埋め尽くされている。

コンビニもスーパーも軒並み閉まり、電車も計画運休が発表されているが、四人が住む部屋は四階のため浸水の心配はなく、どこかのん気だった。ベランダの物干し竿を下ろしてみたり停電対策にスマートフォンを充電してみたり、急ごしらえの知識でなんとなく備えてみるけれども、大型台風より全員が家にいることのほうがレアでどうしてもお祭り気分になってしまう。

「で？」

食卓に四人が揃った頃、風呂上がりでつるんとした頬の花乃子が百合子の方を見やってにやつきながら言った。

見ている。

「訳を聞こうじゃねえか」

花乃子が最近ハマっている寅さんのモノマネ（厳密には寅さんのマネをする劇団ひとりのマネ）に、百合子は思わず吹き出してしまったけど、澪も亜希も意味ありげにこちらを見ている。

ゆうべは四人揃って合コンに行ったのだった。四人でルームシェアをしている旨を共通の友人に報告したところ、「あんたたち未だにつるんでるどころか一緒に住んでんの⁉　そんで全員彼氏いないの⁉　ヤバッ！　合コンしなよ合コン！　ちょうど会社の同期に合コン組んでくれってうるさく言われてんだよね！」と四対四の合コンを瞬く間に手配してくれたのだった。不思議と大して親しくない友人ほどそういう世話を焼いてくれる。

まだ酒が残っているらしい亜希がだるそうに言う。

「なんか飲みすぎちゃって、どんな男の子たちだったかあんまよく覚えてないんだよね」

ゆうべの私たちは、序盤はそわそわと様子を窺っていたものの、酒が進むにつれて四人で合コンに来ているという状況のオモシロに耐えきれなくなってしまい、向かいに座っている男子たちそっちのけで大騒ぎしてしまったのだった。身内の話でさんざん盛り上がった挙げ句いつものノリでしょうもない寸劇に興じた記憶が薄ぼんやりと蘇ってくるが、男子たちがどんな話をしていたかはろくに思い出せず、「私もあんまよく覚えてないやー」と言うと「百合子はさぞかしよく覚えてるでしょうよついさっきまで一緒だったんだから！」と澪に叱責された。「で、どうなったの？　あの子、ササモトだっけ？　付き合うの？」と追及され「いやー、それはないんじゃない」と答えると、三人はなあ～んだ、とつまらなそうにする。

「でも、あの四人の中から選んで抱いたってことは、ほかの人よりは気に入ったってことでしょ？」

「いや別に、私がムラついた時にいちばんそばにいたから……」

「誰でもよかったってか」

「通り魔かよ」

　一夜を共にしたササモトくんが果たしてどんな人だったか、百合子は本当にあまりよく覚えていないのだった。会も終わりに近づいた頃、たまたま隣に座って、並んで店を出た。その時ちょっと、なんかこの子かわいいかも、と思ったのだ。どのあたりをそう思ったのかは忘れてしまったが。

「花乃子と澪はさー、あのあと誰かから連絡きた？」亜希がおそるおそる尋ねる。

「来ない」

「来るわけない」

　だよねー、と亜希はほっとしたように言う。

　そう騒いでいる間にも、風雨の音はだんだんと大きくなっている。

　SNSをチェックしている亜希が、友人の投稿を読み上げた。

「ナガセ、台風怖くて生きた心地せんって呟いてるー」

「あの子んち川近いからねー。ウチ来ればよかったのに」

「うん誘ったんだけど、自分ち離れるのもそれはそれで心配だし落ち着かないからやめとくってさ」

まあ自分も一人暮らしだったらそうしただろうな、と思う。心細さを抱えながら自分のうちにとどまっただろう。

それにしても、友達と住んでいるというだけでこんなに心強いとは思わなかった。

テーブルに仰向けていた百合子のスマートフォンが震え、通知を目に入れた花乃子が「ササモトじゃん！　『台風大丈夫？』『ところで来週末のご都合はいかがでしょうか』だって」とメッセージを読み上げた。

「来週末かー、あんま会いたくないな……多分生理くるし」

「生理だっていいでしょ！　なんでセックス前提なんだよ」

「セックス抜きで別に会いたくないよー」

「何で⁉」

「何でって、別に好きじゃないし」

「じゃあ何でセックスはすんの？　そんなにセックスが好きなの？」

「好きだね。セックスは好き」

言い切った百合子に、澪が「楽しそうで結構だけど、この家は性交渉禁止だからね」と釘を刺す。

女友達四人でのルームシェアは当初の想定よりずっと愉快で快適だが、エロの観点からいえば圧倒的に弱い。一人暮らしの時と比べてセックスチャンスは格段に減った。まあ別に、よそですませてくればいいだけの話なんだけど。

「ていうかさーセックスが好きなんだったらむしろ彼氏つくった方が効率いいんじゃない？　百合子、つまみ食いばっかりでめったに固定の彼氏つくんないけどさあ。同じ人と何回もする方がセックスの質高まるって言うじゃん」

澪の提案は百合子にはいまいちピンとこず、うーん、としばし考え込む。

「うーん、まあ、それが理想だとは思うよ。同じ人と回数重ねてセックスの質を高めていくっていうのが本当に可能ならね。でもやっぱ、長い目で見て、セックスの頻度も興奮も落とさないまま質を高めていくっていうの、かなり難しいと思う。セックスの要求とか相談ってデリケートすぎて近しくなりすぎるとむしろ伝えづらくなるし。ガンガンＰＤＣＡまわして確実にセックスが良くなってくんだったらいいけどさあ、そんなの無理じゃない？」

百合子は、愛のあるセックスというものや、同じ相手と回数を重ねることについて、日に日に関心が薄らいでいた。愛おしい女友達との快適で愉快な暮らしの中で、愛とエロは分けて生活するのが自分にとってナチュラルであるという認識を強めているのだった。性対象である男と暮らした経験もないわけではないが、男と生活を共にすると、愛情は増すけれども、エロはゆるやかに衰退していった。ひとたびエロが薄まってしまえば、その男への愛情および優先順位はどうしてもここにいる友人たちに引けをとった。エロ抜きでこの三人より百合子を楽しませることのできた男はかつていない。

だから、もっとも愛おしい友人たちと楽しく暮らし、セックスは外注している今の生活は、百合子にとって至極合理的で、満足度の高いものなのだった。

「でもいいなー、百合子はセックス楽しんでて。よっぽど気持ちいいんだね」

亜希が羨ましそうに言う。

「うん、気持ちいいよ。亜希はそうじゃないの？」

「気持ちいい時もあるけど、そうじゃない時もあるかな。いけないことも多いし。百合子はやっぱり毎回必ず中でいけるの？」

亜希の言葉に、百合子はたちまち口ごもってしまう。

百合子は生まれてこの方、いったことがない。

これまで何度インターネットで「女性　イキ方」と検索したか知れない。ヒットする不確かな情報をもとにまだ見ぬ快感を求めてオナニーやセックスを試みたことはあるけれど、未だに「いく」という感覚が百合子にはわからないのだった。

いけるようになりたいっちゃなりたいけど、まあどうしてもってわけじゃない。いけないにせよオナニーもセックスも気持ちよくて楽しい。それで別にいいやと思っていた。心の奥に不意に湧き上がってくる疑問をやり過ごしてさえいれば。

セックスが好きだと宣言している百合子は、四人の中でもっとも処女喪失が早かったし、そのことを三人とも知っている。今さっきもホテルから帰ってきたばかりなだけに、いったことがないと打ち明けるのは決まりが悪い。

ど～おすっかなー、とハイボールを一口飲んで、何でもないふうに「いやー私、全然いけないいんだよねー」と言うと、澪と花乃子も「わかる、セックスだとなかなかいけないよね」「外イキはできても中イキのコントロールは難しいよねえ」などとズレた共感を示してきた。

えっ、この中で、いけない女って私だけ？

奔放な花乃子は別にして、あまり性に積極的な様子を見せない澪と亜希も、やっぱいける側の女なんだ。

四人は高校の時分からの十年来の友人で、何事もあけすけに話をする。普段からやったやらない程度の話なら気軽にするが、それぞれがいける女なのかいけない女なのかは知らなかった。デリケートトゾーンの脱毛の進捗や低用量ピルの情報は共有できても、オナニーおよびオーガズムの話題に立ち入ったことはこれまでになかった。ましてや、今となっては一つ屋根の下に暮らし、物理的な距離も縮まっているからこそあまりに生々しいことは言いづらく、むしろそのあたりのことは比較的疎遠な友人に打ち明けることの方が多かった。

それが今、自分だけが「いけない女」である事実を初めて明確に突きつけられた百合子は、動揺して適当に話を合わせることもできず、ついに「っていうか、私、そもそも、いったことないんだよね……」と打ち明けてしまった。

一瞬の静寂ののち、三人は目を丸くした。「そうなの？　マジで⁉　外イキもしたことないってこと？」「自分でやってもいけないってこと？」「えっ超意外！　自由自在なのかと思ってた」と亜希と澪は前のめりになり、普段はいっとう下品でデリカシーのない花乃子がひとりあわあわしていた。いいんだよそんな腫れ物に触るような顔せずに、お前もいつもどおり不躾なこと言ってくれよ！　と思っていたところに、

「えっ、じゃあ何が楽しくてセックスしてんの？」

亜希の無邪気なボディブローが内臓を抉《えぐ》る。別にいける女としてのマウントを取ろうとしてるわけじゃないのがわかる分だけ、亜希にとってセックスは「いく」ことが重要なのだというのを思い知って悲しい。

「いやほんとまじで、私って一体何が楽しくてセックスしてんだろうね」

想定よりも言葉が自嘲的に響いた。亜希がはっとした表情になり、花乃子と澪が気まずそうにしているのを見ないふりしてハイボールを大きく呷る。あーやっぱ言わなきゃよかったと強く思う。いけないくせにセックスが好きな女ってレッテルを貼られちゃったな。

「ってゆ〜かさあ、みんなはいつからいけるわけ？　どのくらいの確率で？」

羞恥が振り切れてどうでもよくなって、百合子は「いける女」であるところの三人に矢継ぎ早に質問した。

「一人だとどのくらいの所要時間でいけるの？　それって外？　中だったら？　一人です

ながらしてる？」

る時は指で？　器具で？　力入れてる？　それとも抜いてる？　どんな姿勢で？　何考え

　私はねー、と花乃子は嬉々として話し始めるが、亜希と澪はえぇ〜とか言いながら口を濁すので、「うるせえ！　言え！　不感症のヤリマンにかける慈悲はねーのかよ！」と肩を揺すぶって白状させる。「ちょっと！　そこまで言ってないじゃん！」「恥ずかしいよ！」「は？　いちばん恥ずかしいのはいけない私なんだぞ！」

　嵐のなか、ひととおりのことを打ち明け合ったあと、四人は不思議な一体感と疲労感に包まれていた。絆が深まったのか傷が深くなったのかはわからない。それでも百合子は、羞恥の先の希望を抱いていた。

　私の人生とセックスには、伸びしろがあるのだ。

　百合子は、ルームシェアを始める前に四人で交わした「お金・愛・仕事の三つのうち二つに満足していれば幸せな人生といえるらしい」という会話をまた思い出していた。あの時は三人とも全然どれにも満足してないよって言い合っていたが、実のところ百合子は仕事とお金にはかなり満足していたのだった。総合広告代理店でクライアント企業のウェブメディア戦略やプロモーション案件に携わっている百合子は、自分の仕事にやりがいと適性を感じている。労働時間はやや長いけれど、その分給与もしっかり貰っているので苦ではない。自分の能力に自信があるから会社に対する執着もなく、フラットな感覚で仕事を楽しめている。

百合子にとってもっとも難しいと思われた「愛」の項目についても、四人で暮らし始めてからというもの満足感を抱いていて、あー私ついに最強になっちゃったのかも、と思っていたのだった。

私、いけるようになればエロの項目も満たされちゃって、非の打ちどころのない最強の女になれるんじゃないの？

翌朝、台風一過の快晴の中、在宅で少女漫画家をしている花乃子以外はいつもどおり時間差で順次出勤していく。どうせ来るなら平日に来いよ平日にと澪と亜希が悪態をついている一方で、百合子は目覚めた瞬間から高揚した気持ちで、クリスマスイブの朝の子どものように、その晩ベッドに入ることを楽しみにしていた。昨日は酔っ払ってすぐ寝ちゃったけど今日帰ったらオナニーするんだ。早くオーガズムを習得して最強になるんだ！わくわくしたまま社内ミーティング後輩指導社外打ち合わせ個人作業の乱打戦をいなしていればあっという間に定時を迎え（残業三時間まではもはや定時とみなす）、じゃっお疲れ〜すと色めき立って会社を後にした。帰宅すると花乃子と澪はリビングにいるようで、普段であればしばらくだべるところだが疲れたふりしてさっさとベッドに滑り込む。

いけない百合子でも、睡眠導入的になんとなくオナニーをする習慣はあるのだった。目を閉じ、慣れた手つきで下着に手を入れて性器を刺激する。快感の高まりとともに指の動きを早めていくと、程なくして強烈な眠気の波がどろりとまぶたをなでる。普段はこのまま眠りに落ちるのだが、今日の百合子には「まずはひとりで外イキ」という目標があるので、眠気の誘惑を断ち切りそのまま辛抱強く刺激を続ける。体温がさらに高まり、汗が湧き出てくる。だんだんと呼吸の乱れ、びりびりとした感覚が強くなり、自然と腹筋に力が入った。あ、なんか、いきそうかも、これを続けたらいけるのかも、と期待が高まったところで快感はゆっくりと遠のいてゆく。

その後も、いきそう、という盛り上がりは何度も訪れるも、いったという手応えにはたどり着かない。次第に、いきそう、という感覚と気持ちいい、という感覚が乖離していき、そもそもこれであってんの？　姿勢とか動かし方とか力強さとか、と自分のやり方に疑問が生じてくる。

休憩しながら断続的に刺激を続けたところで、百合子は諦めて眠りにつくことにした。気がつけば深夜三時近くになっていたが、もはや眠気は遠ざかっていた。今日もまたいけない女だったか、と落胆しつつも、こういう個人練習の積み重ねがモノを言うはずだと信じて眠った。

翌朝、眠気による薄い殺意とともに目覚め、ゆうべオナニーなんかしてないですぐ寝りゃあよかったかなと後悔がよぎるが、いやそんなことない、反復練習で快感に慣れることが重要なはず、ゆうべの夜更かしもきっと無駄ではないと自分に言い聞かせ、よろよろと起き上がる。リビングでは、いつも百合子より三十分早く家を出る亜希が YouTube を見ながらベーグルを食べていた。言いたい。ねえ昨日オナニーしてみたんだけどやっぱ全然いけなかったの！　って言いたい。普段、機嫌や体調や仕事の進捗なんかを日単位で共有してるみたいに。いくための正しいオナニーのやり方について今すぐ根掘り葉掘り聞きたいけど、あの台風の日のような勢いなしに朝からそんな話できない。そもそもゆうべオナニーしたなんて生々しくて同居人に言えない。本当は適切なアドバイスを貰ってオナニーを速やかに改善していきたいのに。効率が、悪い！　悶々と立ち尽くしていたらYouTubeの内容に興味を示していると勘違いされ、今の推しの魅力についての力強い解説が始まってしまった。違う、私が聞きたいのは、普段好きになるようなタイプと彼は全然違うからいよいよ本能で好きなのかもとかそういうことじゃなくて……。

しかし、個人練習は実を結ばず、その晩も翌日もその翌日も、毎晩一時間以上オナニーに勤しんだのにもかかわらず、百合子は依然としていけない女のままだった。

寝起きの殺意が日に日に増してゆく。歩き慣れた動線で女性専用車両に乗り込み、普段はスマートフォンからろくに顔を上げないが今朝は乗客の顔をぼうっと眺めてしまう。この時間の電車に乗っている女たちの多くはこれから職場に行くのだろう。同年代くらいの人も自分の母親くらいの人も、みんな働いててエライな。と他人事みたいに思う。この中で、どれだけの人が「いける側の女」なのだろう。恋人がいれば。子どもがいれば。性交渉の経験の有無はなんとなく推し量れても、いけるかいけないかってのは見た目じゃまるでわからない。そもそも、いくって、なんなわけ？　本当に存在するわけ？　世界中の女全員で口裏合わせてるんじゃないの。私ってもしかして、ありもしないものを追い求めているのでは……。

スマートフォンに顔を戻しブラウザを開く。検索履歴の先頭に「女性　イキ方」と出てくるのが情けない。新たな知見が得られないか見出しをタップするけれども、ヒットするのは、同居人たちが語っていたような「オナニーならいけるけど彼とのセックスではいけない」「外イキならできるけど中イキはできない」といった体験談ばかりで、「オナニーでなら少なくとも外イキはできる」という状態が最低条件になっており、百合子のように「オナニーだろうがセックスだろうが中イキも外イキも経験したことがない」女のことは度外視されている。かと思えば日本人女性の過半数はオーガズムに達することができないというまことしやかなデータも出てくるし、そもそも性に対する知識を検索すると何の参考にもならない男性向けのエロサイトがたくさん引っかかってきてふつふつと怒りが湧いてくる。いまや化粧も家事も筋トレもYouTubeで勉強できるのにオナニーについて丁寧に教えてくれるYouTuberはいねーのかよ！　アダルトコンテンツは広告収入になりませんてかそうですか、セックスを楽しみたい私の感情は不適切ですか？　きれいにお化粧したいとかボディメイクしたいとかっていう感情といったいどう違う？

だいたい自慰っていう言葉からして辛気くせーんだよ慰めって何だよ慰めって！　と単語にすら苛立って腹立ち紛れに検索してみると慰めという言葉には心を楽しませるという意味もあるのだと齢《よわい》二十七にして知る。だからセルフプレジャーなんて言うのか、またひとつ賢くなってしまった。気恥ずかしい言葉と思っていたけれどもわりと直訳なんだなあ。

でも私、最近全然楽しくないんですけど。

初めのうちは、新しい快感を知れるかも最強を更新できるかもという高揚と向上心があったが、日に日に諦めの色が濃くなってゆく。その晩も個人練習に勤しんだ百合子は、下半身を露出したまま汗だくでベッドに横たわり脱力した。

私ってもしかして、体質的にいけない女なんじゃないの？


いけない毎日でも時間は刻々と過ぎる。仕事は忙しく帰宅が深夜になることもざらで、睡眠導入的にオナニーをする必要もなく就床即入眠、残業代で買ったジェラートピケの柔らかさ、夢のような肌触りは一晩中私を裏切らない絶対味方、これってもしかしていくよりずっと気持ちいいんじゃないかと思う。

同居人たち以外の女にも話を聞いてみようと思い、本当の定時で無理やり上がって適度に疎遠で適度にやらしいゼミの後輩を韓国料理屋に呼び出した。近況報告もそこそこに、分厚い豚バラにサンチュを巻きつけながら「そ～いえばさー、私セックスでもオナニーでもいったことないんだけど、そのこと話したら『何が楽しくてセックスしてんの？』って言われちゃったんだよね～」と切り出す。これを言いたくて呼び出したのにそ～いえばじゃね～よそ～いえばじゃあ……。ところが、「えっまじすか？　いや申し訳ないですけど私もそう思いますね。ほんと、いけないなら何が楽しくてセックスしてるんですか？」と一蹴されセカンドオピニオンも念押しで私を傷つけてくんのかよ！　とままならなさに天を仰ぐ。重ねて「何だったら私、ジムで筋トレしてる時軽くいきますし調子いいと夢イキすることもありますよ」と言われていやそんなことある？　とさらに仰《の》け反《ぞ》ってしまった。途方に暮れ、ハイボールを多めに流し込む。

「しょせん私はセックスの浅瀬でちゃぷちゃぷ水遊びしてるだけのいたいけな女児でさ、海の広さも深さも知らないんだよ。ただのにわかセックスファンだよ私なんて」

管を巻き出した百合子を、後輩は「百合子さん、いつの世もにわかファンが競技を支えるんですよ！」と励ます。

「非力な私が、セックスを支えられるかな……」

「うーん、一旦自分ひとりでがんばるのはやめにして、男性にがんばってもらうのはどうでしょう、指とか舌とかで……」という後輩のアドバイスに基づいて、百合子は合コンで出会ったササモトくんに連絡をとった。

四人でいる時、自分たちだけに通用するノリとスピードでバカ話したり寸劇を繰り広げたりするのはひっくり返るような痛快さがあるけれども、男といちゃついてる時はそれとはまた別の快楽物質出てるよなーと思う。男とじゃれてると時の流れが早い。女友達といる時の自分は最強のバカだけど男の子といる時は最弱のバカ、超甘えるし何にもできないふりしちゃう、でもそういう恥ずかしい自分でいる時間が気持ちよくてたまらない。

ササモトくんの裸の胸に頬をぎゅうと押し付けて心臓の音を聞く。これまで何人の男と寝たのか数えなくなって久しいが、プレイスタイルやからだのかたちの違いよりも、むしろ体温の違いの方に毎回感銘を受ける。百合子はいつも男の胸に頬をのせてあたたかさをはかる。冷たい胸をした男もいれば熱い胸をしている男もおり、みんなせいぜい三十六度前後のはずなのにどうしてこうも違って伝わるのか不思議だった。ササモトくんの胸はカイロのように熱くて思わず笑けてしまう。夏はうざそうだけど、健康ぽくていいなーと思う。

痩せた熱い胸で頬をあたためながら「私さあじつはいったことないんだよね」と呟く。

「えっ、一回も?」

ここんとこいったことないって打ち明けてまわっているせいで羞恥心がバグってもはやなんとも思わなくなった。

「うん、いくって感覚がわかんない。ササモトくんの元カノはみんないってた?」

「えっ、いってた、と思うけど」

同じ男とのセックスなのにいける女といけない女がいると思うといけない自分が劣っているように感じ、からだが二センチ深く沈み込む。

「ほんと? それってほんとにいってたのかな? 演技とかじゃなくて? 騙されてない?」

「ええー。いってたと思うけどなあ」

百合子の失礼な物言いに気分を害した様子もなく、ササモトくんは真剣に考え込んでいる。

「いってた、と、思うけど。俺には本当のとこはわからないし実際に百合子さんはいけてないわけだもんなあ。でも百合子さんすっごく気持ち良さそうだしほんとはいってるんじゃないの？」

ササモトくんがおどけて下腹部をくすぐってくるので、「絶対いってないもん！　バカ！　もう嫌い！」と拗《す》ねたふりをして腕にかじりつく。ああ〜この偏差値ゼロのコミュニケーションたまんね〜。痛い痛いごめんってーとベッドの上でじゃれ合うその延長でもつれこんだ二回めのセックスはずいぶん丁寧かつ強引でこっちも盛り上がっちゃったけれども結局オーガズムに達することはなく、事後にササモトくんがしつこく「やっぱり百合子さんいってるんじゃない？」となおも言ってくるのでイラついた。いってねーっつってんだろ！

「いいよね、男の子は射精っていうわかりやすいやつがあって」

熱源の彼から少し空間を空けて横たわってもほのかにあたたかさが伝わってくる。

「確かに女の子に比べたらシンプルかもしれないけど。その分プレッシャーもあるよ。百合子さん、いかなくてもセックス楽しいでしょ」

「うん。楽しい」

「でも俺が射精しなかったらなんか嫌でしょ」

「えー。べつに嫌じゃないよ？」

「いや、絶対モヤっとするでしょ。いち射精いちセックスと思ってるとこない？」

「……あるかも」

「やっぱ、体調とか気分とかでいけないときもあるし。前付き合ってた人としてる時、出したふりしたこと何回もあるもん。俺、いったふり結構うまいと思うよ」

そもそも勃《た》たない時もあるしね、と言うササモトくんに「男の子も大変なんだね」と呟く。なんか私、勃起および射精前提のセックスを強いてたのかな、男の子たちに……。

「だからさー、お互いいけたらまあいちばんいいんだろうけど、そればっかりを絶対的な基準にしてたらゆくゆく厳しいんじゃないの」というササモトくんの言葉に、でも私はいけるようになりたいんだよ！　と反射的にかっとなる。

百合子がこれまでセックスにおいて男の子の射精を前提としていたように、オーガズムに達しない自分はすなわちセックスを達成できていないという引け目がある。台風の日、亜希に何が楽しくてセックスしてんの？　と言われて、これまで目を背けてきた劣等感がいよいよ膨れ上がってしまった。

「童貞喪失の瞬間って、挿入したときだと思う？　射精した時だと思う？」

「急に何言ってんの？」

「いや考えようによっては私ってまだ処女なのかなと思って」

俺は挿入した瞬間だと思うけど、と律儀な回答があるが、百合子はそれについて何も言わない。

四人で暮らすあの家には愛はあるけどセックスはない。それで構わないと思っていた。

自分はよそでセックスを調達できているから理想の暮らしを体現できていると思っていた。

でもいけない女のままじゃ、エロの項目を達成したとは言えないよね。

いくことばっかりを絶対的な基準にしてたらゆくゆく厳しいよってササモトくんは言った。まあそうなのだろうと思う。それぞれが感じている快感は目に見えないし比べられないし。でも、見えないし比べられないからこそオーガズムの有無しかセックス力の指標がないじゃん。上司に業務課題を可視化しろって言われたらどーすんの？

「ササモトくんにとって理想のセックスって何？」

なんだろう、とササモトくんは考え込む。

「うーん、お互い気持ちよくてー、愛があるセックスをパートナーと一生するのが理想のセックスライフかも」

「頻度は？」

「週一！　できれば週二」

「それはちょっとさーセックスエリートすぎじゃない？」

「セックス偏差値高すぎるかな」

「高すぎだよ。セックスハーバードだよ」

そんなセックスハーバードの生活がおいそれと手に入るわけないってわかってるからこそ私は男と結婚せず女友達と暮らしたいんだよな。と考えて、あれ、てことは私も心の底では、愛にあふれた／セックスのある／男との暮らしを理想と思ってるのかな？　理想のセックスライフが手に入らなそうだから次点として女友達との暮らしを選んでるってことになるのかな？

　そんなの嫌！　今の暮らしこそが理想なんだ！　いける女になってもっと最強にするんだ！


　セックスしたあとはどうも心身の重心が曖昧になる。ホテルを出てスマートフォンを確認すると、澪から「炭酸水買ってきて」というＬＩＮＥが入っていた。炭酸水炭酸水と唱えながら歩いていたら通りすがりのインテリアショップで薔薇柄のボディのマネキンが売られているのが目に入り即購入およそ二万四千円の会計をカード一括で支払い抱えて家まで帰る。炭酸水お待ち〜つってリビングにでんと設置すると同居人たちは「何それ！　やば！　かわいい！　うちら今日から五人暮らしじゃん！」と大騒ぎして、マネキンに着せるいちばんキュートなコーディネートについて侃々諤々の議論を交わし始める。

　薔薇柄のマネキンなんて絶対いらないのだ。でも四人で暮らしていると、こういうひとつひとつの無駄がたまらなく楽しい。実用性のまるでないキュートな家具を設《しつら》えること、ひとりではもてあますネットで話題のスイーツを買って帰ること、くたくたの夜寝室に直行せず睡眠時間を削ってリビングでだべることなど、これまで削ぎ落としてきた日々発生する無駄のすべてを尊く思うのだった。

　気まぐれにセックスはしても、恋愛に熱中したことがない百合子は、自分は「愛」に向いていないと思っていた。それが今、親友たちと住み始めて、日々の暮らしが愛おしいのだった。

帰り際、ササモトくんに「次はどこか出かけない？　俺運転するし」と誘われた。多分行くことはないだろうと思いながら「いいね」とだけ答えた。あんまり会いすぎると心までほしくなっちゃうしな、と考えて私ってやっぱ男の子の心もほしいのかなと不安になる。一秒ごとに自分の方針がぶれる。最悪の政権。

洋服をとっかえひっかえして薄着になっている同居人たちを眺めて、こいつら全員キュートだけど全員エッチじゃねえんだよなと思う。

心が通い合っている同居人たちの体がほしくならないことに、当然だろうと思う気持ちと、なんでだよ！　と憤る気持ちがある。心だけあれば体はほしくないってのは健全なのかそれとも不完全な愛なのか。

四人で住み始めてから愛とセックスを分けることが自分にとって自然だと確信できていたはずなのに、同居人たちへの愛おしさが募るにつれ、自分たちの関係にどうしてもセックスの不在を感じてしまう。

百合子は、ルームシェアを始める前に四人で出席した桃ちゃんの結婚式を思い出していた。あの子は、愛とエロが一致した相手を見つけたってことなのかな。やっぱりそれがいちばん幸せってことなの？

押し黙っている百合子を怪訝に思った花乃子が「百合子、どうした？　ササモトとなんかあった？」と尋ねてきた。

「ねえ、もし私たちのあいだにセックスがあったらどうなってたと思う？」

「はあ？」

百合子の唐突な質問に、三人とも困惑した表情を浮かべる。

「なんか私、もうわけわかんないんだよ。セックスのこと考えすぎてセックスのこと嫌いになりそう」

ままごとのような暮らしだと思う。四人ともそれぞれ自分で働いて食費や家賃を払っているのに、未だに折に触れてそう思う。私たち家族になろう一生一緒に暮らそうと言い合って始めたルームシェアだけど、どこか終わりを前提にした遊びなんじゃないかと疑ってしまう。

「私たちのあいだにセックスがあれば、本当の本当にずっと一緒にいられるんじゃないかと思っちゃうんだよ。でもそれって、私たちの友情を信じてないってことになるのかな？私、この暮らしにセックスが要らないんじゃなくて、セックスが足りないと思ってるのかも。私は自分が最強になりたいんじゃなくて、この暮らしを最強にしたいんだよ。自力で性欲を満たせる環境を整えることによってこれが文句ない暮らしだって確信したいんだよ……」

花乃子と澪と亜希とマネキンが、それぞれ百合子の方を向いて立ち尽くしている。

わかった、と亜希が意を決したように言った。

「この暮らしにセックスが足りないと思ってるなら、足そう。足して最強になろうよ」

Google Mapsとにらめっこしてたどり着いたその店は、新宿歌舞伎町の雑居ビルの四階にあった。ドアにはささやかな表札がかけられているのみで、店内がどうなっているのか外からは一切わからない。インターホンを押して予約名を告げると、高い女性の声で中に入るよう促され、亜希は重たいドアを引いた。

それまでのくすんだ雑居ビルの印象とは一転して、紫を基調としたデコラティブな内装が目に飛び込んでくる。店中に所狭しと並べられている色とりどりの商品は、すべてバイブやローターなどの女性向けアダルトグッズだった。

「ねえ見てよあれ」

澪が小声で指差す方には、先日百合子が衝動買いしたものと全く同じ薔薇柄のマネキンが、黒のパーティードレスを着てすまして立っていた。腕に下げたカゴバッグからは色とりどりのバイブがのぞいている。

スタッフの女性に案内され、四人は紫のベルベットの猫足ソファに腰を下ろした。一見アダルトグッズが雑多にひしめいているように感じたが、あらためて店内を見渡すと、商品のメーカーごとにビジュアルコンセプトが大きく異なっているのがわかる。赤地に白のドットが配された毒っ気のあるシリーズを並べた一角もあれば、黒で統一されたゴシックテイストのバイブが並ぶコーナーもある。その世界観の棲み分け具合を、ファッションビルのコスメティックカウンターみたいだなと思う。女性限定のショップだということだが、四人以外には二組のグループが来店していて、そのいずれも外国からの観光客のようだった。

先ほどのスタッフの女性が、幼稚園児の名札のようなチューリップのネームプレートに手を添えて「ニコルですーよろしくお願いしますー」と名乗った。軽い会釈とあわせてゆれたソバージュヘアからいいにおいがする。個性的なメイクをしているので判断しづらいが、おそらく同年代だろうと思う。私たちも「お願いしまーす！」と元気よく挨拶した。

ニコルさんは、甘ったるくも素っ気ない調子で、初めての来店か、この店になぜ興味を持ったかなどとチュートリアル的にカウンセリングを始めた。注意事項として、店内に展示してあるグッズは全て動かしてみることができるが、直接触れることは厳禁であり、動作確認の際は必ずポリ手袋を着用するようにまず言い含められる。特に、下半身にあてることは、絶対に、やめてください。と強調して言う度にボリュームタイプのつけまつ毛がぱしぱしと音を立てた。

どういうタイプの商品に興味があるのか尋ねられ、三人がなんとなく百合子の様子を窺っているのを感じるが言葉が出ない。数秒間をおいて、「一番人気のやつってどれですか？」と花乃子が口火を切った。

「いま人気なのはー、このアニマルバイブシリーズですねえ」

鮮やかなブルーやオレンジ、イエローなどの単色ビタミンカラーのバイブが五本入ったカゴが目の前に置かれた。挿入した時にクリトリスを刺激する部分がそれぞれゾウやリス、ネコといった動物の形を模している。竿の部分も肉肉しくなく巨大なゼリービーンズのようで、それまで抱いていたバイブのイメージよりずっとちんこ感がない。

　ニコルさんがスイッチを入れると、竿が勢いよくぐいんぐいんとうねった。

「これ、可愛いだけじゃなくて、強弱の調節も簡単だし、ワンタッチでこう、左回りにも右回りにもなるんで扱いやすいです。竿の部分と動物さんの強弱は別個で設定できるのがポイントですねー」

　それぞれポリ手袋越しにアニマルバイブを手に取り、手のひらに当てて回転や振動の具合を確かめる。おぉ……と曖昧に感嘆の声を漏らすが、強いか弱いか良いか悪いかまるでわからない。

「ちなみに私はこれ色違いで三つ持ってます」

「色違いで三つ⁉」

「そんなリップ買うみたいなテンションで⁉」

「いや実際お姉さんたちがリップ買うのとおんなじ感覚ですよ。これなんか税抜三千円だし、価格帯もそんな変わらないですよね。私の家にはいま四十二本バイブあって、気分で使い分けてますよー。とはいえやっぱお気に入りのばっか使う感じになっちゃいますけど。このシリーズだと、ブルーのゾウさんがオススメですね。鼻の部分がいい感じにクリに当たるんで。はっきり言ってリスさんは使い物にならないです。ナカは気持ちいいけど」

確かに、リップってたくさん買っちゃうもんね、クチはひとつしかないのに……と亜希が目配せする。四人が下品な共通認識で笑っちゃってるのをニコルさんは気にもとめず、次々に売れ線のバイブやローターなどを手にとっては特性を説明してくれる。それも、マニュアル的な解説ではなく、すべてユーザーとしての実感を伴った案内であるので、自分たちがいかにアダルトグッズに触れずに生きてきたか思い知る。

「いやー、私、こういうオモチャって使ったことなくて、これまで」

四人を代表するように花乃子が言うと、ニコルさんは小首を傾げた。つけまつ毛の奥のカラコンの発色がよく、見入っているとつい瞬きのタイミングをつられてしまう。

「オナニーもセックスも指と舌のみってことですか？」

「そうですね！　自分、裸一貫でやらせてもらってます！」

花乃子のひょうきんな口ぶりをおもしろがるでもなく、ニコルさんは淡々と言った。

「裸一貫ですかー。それはちょっと原始人すぎですねー。もう二〇二〇年なんでね、Google Home に話しかければスケジュール調整してくれるしホットクックに食材つめればおかずできますよね。そんな時代に肉体のみでセックスしてるとかマジありえないっすよ。もう原始人のセックスしてる場合じゃないですよ」

げんしじんのせっくす。と私たちは口に出してみる。私たちがこれまで嗜んできたのは、原始人のセックス……？

「ほかに興味あるものとかお悩みとかありますか？　私はもっぱらオナニー専門なんです

けど、もしSM系に興味があるようだったら、今日そっち専門のスタッフもいるんで呼びますよ」

ここでもまた百合子が話し出さないのを確認すると、次は亜希が口を開く。

「セックスのとき緊張してあんまり中でいけないんですけど、どうしたらいきやすくなるかなーと思って」

ニコルさんは、あー、とどこか憎々し気に言った。

「相手、男ですか？　ああ。それはメンズが悪いですね。やっぱりね、メンズって生身だからどうしても不安定でしょ。関係性とか体調にもよるし。ほんと、あてにならないですよ」

ポリ手袋越しにバイブを撫でながら話を続ける。

「その点、バイブはいいですよ。気持ちがないですから。勃たないとか、雑とかないですから。安心安全安定なんでね。いつも同じように気持ちよくしてくれる。ほら私、肌めっちゃきれいじゃないですか。これ、毎日バイブで中イキしてるからなんですよね。とても じゃないけどちんこじゃこうはいかない。バイブって値段も安いし見た目も可愛いし、中でいきたいなら絶対ひとつは持っておいた方がいいと思います。強いて言うなら、壊れやすいのが難点ですけど」

まあそれはちんこも同じか、とぼそっと付け加えるが、花乃子は臆せず「とはいえ、私はやっぱりどうしてもちんこが好きなんですよねー」とバイブを動かしながら言う。

「なるほどですねー。ありますよ。ちんこが好きな人におすすめのバイブ。質感が限りなくちんこだし動きも近いやつ。それでいてちんこより圧倒的にいいです」

花乃子がとりわけ肉感の強いバイブの説明を受けている間、百合子は席を立って店内を歩いて見回ることにする。そこらのバイブをなんとなく動かしてみながら、ここで仕入れた情報を頭の中で反芻していた。事前に一応アダルトグッズについて検索してきたが、例によってしょうもないエロサイトばかり引っかかり、有益な情報は得られなかったのだった。ニコルさんのような専門家からカウンセリングを受けながら吟味できるというのは、それだけで貴重な体験に思えて、東京に住んでてよかったな、と実感すると同時に、インターネットへの落胆も感じた。ポケットのスマートフォンを万能と思っていた。たいていのことはこれで知れると思っていたのだ。

百合子は、主張の強い見た目のグッズが多い中で明らかに異質な、ひときわシンプルかつ近未来的なフォルムの商品がずらりと陳列されている奥の一角に目を奪われた。バイブやローターはいずれも光沢のある真珠のような色味のシリコンで覆われており、操作ボタンはシルバーに統一されている。無駄を排したスマートなデザインは、おもちゃというよりはガジェットや機器などと呼びたくなる見た目をしている。そのうちのひとつ、バイブレーターを手に取ってみると、これまで触れたバイブと比べてずっしりと重い。シルバーのボタンが配されている持ち手部分には小さいディスプレイまでついていた。なんだこれは？　商品紹介のパネルには、ゆったりと組まれたフォントで「セックスに文明を」とだけ記載されていた。ポリ手袋をわしゃわしゃ言わせながらシルバーのボタンをいじっているると、先ほどニコルさんに「ＳＭ専門」と紹介されていたお姉さんが声をかけてきた。胸に張られたガムテープにはマジックで「高岡」と書かれている。

「すごいですよねえ、そのへんは最先端のスマートセックスアイテムですよ」

「どのへんが最先端なんですか」

「こう、挿入した時に膣内の収縮や体温の推移を記憶するんで、自分の気持ちいい場所とかパターンを学習させることによって、ゆくゆくはボタンひとつでいけるようになるらしいですよ。スマホと連携することもできるし」

「スマホと、連携」

「快感の度合いや体温を数値として記録するんで、いつでもグラフで見られるし、同じシリーズであれば同期して情報を共有することができます。あとめちゃめちゃ頑丈で水洗いもできるし、メーカーの保証も二年間ついてます。ただ、その分かなりお値段はっちゃいますね」

　百合子は税抜八万九千円と書かれた値札を確認し目を見開く。

「ちょっとしたパソコンじゃないですか」

「いやこれは実際バイブ型のパソコンですよ。『セックスに文明を』っていうコンセプト通り、ほぼスマート家電です。しょっちゅうバージョンアップされるんで、どんどん高性能になってるみたいですね。うちらもこのシリーズは軽い気持ちで買えないんであれなんですけど」

まあ、おもちゃでラフに楽しみたいって人向けではないですねー、と高岡さんに説明されながら、百合子はその、男性器を模したというよりは、洗練された義肢のようにメカニカルなフォルムから目を離せなくなってしまった。


百合子たち四人は、それぞれ紙袋を揺らして電車に乗った。四人で最寄り駅に降り立つと、ああ、帰ってきた、と、まだ数ヶ月しか住んでいないこの町をふるさとのような気持ちで歩いた。百合子は中でも機嫌が良く、ヒールを鳴らして跳ねるような足取りで先頭を行った。近所の居酒屋に入って酒を飲み、満腹になったところでラーメン食べたいとごねて日高屋へ三人を引っ張ってゆき、気づけばセブンイレブンの駐車場に横たわっていた。アスファルトのごわつきが頬にあたっていたたい。目線をずらすと、縁石に腰掛けている花乃子と目が合う。また少し目線をずらすと、少し角のひしゃげた八万九千円の白い箱が百合子に添い寝していた。

日高屋のサワー、なんか強くね?

そう問いかけると、澪は「あんた日高屋でサワー飲んでないよ」と言った。

「まじかよ」

「ついでに言えばラーメンも食ってないよ」

まじかよ。亜希は「九万のバイブと転がる女」と言って雑に写メを撮りまくっている。

九万じゃねえし。税抜八万九千円だからほぼ十万だし。視界が定まらないまま今の状況がおかしくてたまらなくなり、くっくっくっくと笑うと、目尻から涙がたれてアスファルトにしみた。こいつ泣いてるよーうける、と頭上のシャッター音が激化する。

呼吸が落ち着いた頃、あー、一生こうしてたいな、と思って、口に出そうとしたけど、一生なんていうのは贅沢すぎる気がして、控えめに「五年後もこうしていたいな」と言ったら余計に切実に響いてしまい、一瞬四人の時が止まった。私たち、五年後、何してる？　花乃子が「よゆーっしょ！」と確証のないことを言ってうやむやになる。

「おらてめー寝るなよ駐車場だぞ」

百合子を見下ろす澪が軽く蹴るそぶりをする。その後ろに月が輝いている。でかい月だな。足を振り上げて月を蹴ろうとしてみると、おろしたてのブルーのパンプスが飛んでいき、バイブの横に転がった。今日は今いちばん気に入っているコーディネートで家を出たのだ。初めての美容院に行く時の、私はこういう感じなのでぴったりなスタイルを提案してください！　っていうようなささやかな自己表現。

「高校のそばにあったセブンさー潰れたの知ってる？」

高級感のある白い箱と青いパンプスから目を離さずに百合子は言う。

「嘘でしょ？　あそこ潰れるとかあんの？」

「潰れてさー老人ホームになったんだよ」

むかし好きだったバンドが解散しちゃったような身勝手に寂しいきもち。高校と駅の中間にあったあのセブンイレブンには用がなくたって立ち寄って、縁石に座ってアイス食べたりおでん食べたりした。あのセブンには、もっとだだっ広い駐車場があったのだ。それに比べて東京の駐車場はちいせえよなあと思ってたけど、横たわるにはほどよい広さ。でも寝そべったことはなかったな。もうあのセブンはないけどうんこ座りしてた縁石はまだあった、むかしふざけて貼ったプリクラまだ残ってるかなあ。

会話が途切れて、澪が「わかったわかった、四人で入ろう、その老人ホームに」と言う。

「老人ホームにバイブ持ち込んでいいと思う?」

知らねーよ！　と亜希が笑う。だめだったらどうすんの?　ホームって禁欲施設なの?

「ねえ、私たちのあいだにセックスがあったらどうなってたかな」

百合子が再び三人に問うと、「……私たちはさあ、セックスもないし血も繋がってないからうまくやってんだよ。甘えすぎたり、期待しすぎたりしないですんでるから」と澪は言う。

私たちはずいぶん心を許しあっていると思っていたけど、同じ家に住んでみて、根底では互いに甘えきっていないのだということを思い知った。甘えきらないからこそ、問題を未然に防ごうという意識が働き、ルームシェアは円滑に運営されているのだった。気付いた人がやる系のタスクが放置されることはほとんどないし、月ごとの家賃光熱費も毎月きっちり平等に精算された。

私たちが本当の家族や恋人であれば、もっとぐずぐずに甘えて溶け合ったのかもしれない。金銭的にも精神的にもよりかかりあい、それで何か問題が起きれば、セックスでひところの解決を図ったり、血縁という強固な繋がりでなあなあにしたりできたのだろう。

　でも私たちにはそれができないから、最低限の自立心を常にもっている必要があった。私たちの輪郭はあまりにはっきりしていた。

「でも私は、あんたたちにすごい期待しちゃってるのかも」

　あんたたちが一人暮らしの時はもっとだらしなく暮らしてたの知ってるよ。それなのにこの暮らしがあまりに快適だから、みんなしてルームシェアを期間限定の良い思い出にしようとしてるんじゃないのってイラついちゃうのだ。

「血の繋がりのない家族もあればさー、セックスのない恋人や夫婦だってあるよ。あったら幸せかもしれないけど、ないから不幸ってわけでもないよ」

　しかも本日晴れて我が家のセックス環境はぐんと先進化したしね。これ電池ついてんのかな？　とちんこ好き専用バイブの箱の裏面を読み込む花乃子に、セブンで買おセブンで、と澪が言う。

「血の繋がりがない家族もあれば、セックスのない恋人もあって、じゃあ私たちって何なんだろう」

　酔いも手伝って百合子の思考が垂れ流しになっている。

「何って、友達じゃん」

　事もなげに花乃子は言った。

亜希が神妙な面持ちで百合子の顔の横に腰を下ろした。

「百合子、ごめんね、あのとき、何が楽しくてセックスしてるのとか言っちゃって。私、百合子がセックス楽しんでるのが羨ましかったのかも」

いけたら幸せかもしれないけど、いけなくても不幸ってわけでもないのかな。でも私にはスマートセックスアイテムがついてるから大丈夫だ。どっかの国では大真面目にセックスロボットが開発されてるっていうし。エロの発展と私の性欲が尽きるのと、どっちが早いだろうか。

「別にいーよ。酔っ払ってる時とセックスしてる時に言ったことは全部チャラだから」

「だいたいチャラじゃねーか」

でも私は今後も、いったことない女に何が楽しくてセックスしてるの？　なんて絶対に言わないけどね！　と語気を荒げると、根に持ってんじゃん！　ごめんてー！　と亜希も大きな声で言う。

「あーあ、かっこいー女になりてえーなあー」

月に向かって叫ぶ百合子に、「うるせーよ。おめー顔にアスファルトのあとついてんだよ」と澪が言い、「十万のバイブ買う女はかっこいーよ」と花乃子が言う。

私たちにはセックスのカードもなければ血縁のカードもないけど、こうやって足りないものはお金で解決していこう、お金がいちばん取り返しがつくのだ。私にはお金もあるし仕事もあるし愛もある、そのほかのことはすべて些細なことなのだ。働き続けるぞ、と地べたに這いつくばりながら誓って目を閉じると、おい寝るんじゃねえ！　と今度は明確に澪に蹴りを入れられた。

リビングにかけられた共用のカレンダーには、それぞれのボーナス支給日が目立つように書き入れられている。

あの日手に入れたセックスアイテムを、それぞれがどのように活用しているかはお互いに知らない。税抜八万九千円のスマートセックスアイテムによって、果たして百合子がいける女になったのかどうか、花乃子も澪も亜希も知らないが、ベッドのヘッドボードにすまして鎮座している無表情な機器が、日ごとに仲間を増やしていることには三人とも気がついている。

百合子は今日も、日付が変わる頃いちばん遅くに帰り、シャワーを浴びて、まだ起きている同居人たちと軽口を叩き合い、ジェラートピケのやわらかさに包まれてベッドに倒れる。電気を消すと、ヘッドボードの機器たちが暗闇の中でほの白く浮かび上がり、その光景は海の底の珊瑚のようだし、宇宙のようでもある。広がり続ける私の宇宙、私のうみ……。まっしろくつるりとした機器たちの無機質さ、充電完了をしめす銀色の光、枕もとのスマートフォンに同期されてゆく日ごとに精度を増す数値、それらすべてが百合子にとって強い希望になっている。

# 3

# ニーナは考え中

苔色とかねずみ色とか辛気くさい色の服ばかりが目に入る店内で、ピンクのレオパード柄タンクトップはひときわ目立っていた。見慣れた後ろ姿に近寄って肩を叩くと、花乃子は耳からワイヤレスイヤホンを外しながら「早かったじゃん」と言った。

高校時代もそうだった。教室に入った瞬間、あらゆる校則を力いっぱい破って派手な装いの花乃子の姿は自ずと目に飛び込んできた。十年前の気持ちを思いだして頬が緩む。

「なんか頼む?」

「いや、一刻も早く家に帰りたい」

おっけー、と花乃子はiPadを鞄にしまい、マグカップの載ったトレイを持って立ち上がった。その後ろをのろのろとついていく。

澪は今年二十八歳になるが、病院と選挙に行く習慣がまるでなかった。

やれ歯医者だ眼科だ皮膚科だと日々メンテに余念のない病院大好き人間の亜希に子宮頸がん検診を受けたことがないのがばれ、半ばいやいや受診してがんの一歩手前と診断されたのがおよそ二ヶ月前だった。

あれよあれよという間に迎えた手術当日の今日、澪が受けたのは子宮の入り口を円錐状に切除する手術で、実質的な施術時間はほんの十五分ほどだった。

医師から今後の妊娠はじゅうぶん可能であると説明を受けた時、さほど感情が動かなかった。もっと抗いようのない感情の波が、強い嬉しさや安堵感が否応なくこみ上げてくるのではと思っていたから拍子抜けした。それよりも、加入している生命保険で前がん状態の特約に該当し、保険金がおりることを確認した時の方が明確に安堵と喜びがあった。今のところ澪にとって妊娠機能というのは、家電に付随してはいるものの一度も使っていないオプション機能に近かった。

手術を受けることを報告した電話口で、母親に、あの時ワクチンを打たせてあげなくて本当にごめんなさいと謝られた。

大学生の頃、子宮頸がんを予防するＨＰＶワクチンの接種が国から推奨され始めたのだが、澪は接種しなかったのだ。

今でこそＨＰＶワクチンの接種は常識のようになりつつあるが、当時、ワクチン接種後にまれにおこるアナフィラキシーなどの重篤な副作用についてマスコミでしきりに取り沙汰されており、接種を躊躇させる空気がはっきりとあった。澪の母親も娘に打たせるのは時期尚早と判断したらしく、接種を見送るようわざわざ連絡があった。

もちろん、母の判断が間違っていたとは思っていない。同級生の中でも、当時ワクチンを打ったという者はごく少なかった。根っからのがん家系だという花乃子は早々に接種したそうだが、百合子は澪と同様いまだ未接種だし、亜希は社会人になってから五万ほどかけて自費で接種したという。

あの時ワクチンを打たせていればよかったと母は繰り返した。早期発見で命に別状もないし、子宮を全摘出したわけではないから妊娠もできるということを何度説明しても、自分のせいで辛い思いをさせることになった、かわいそうなことをしたと申し訳なさそうに言うのだった。

仕事を休んで手術に付き添うという母の申し出を、感染症対策で付き添いは禁止されているからと断った。隣で過去の判断を後悔され続けるのは耐えられなかった。日帰りだしひとりで行ってひとりで帰ってくるつもりでいたが、同居人たちのうち、少女漫画家で時間の融通がきく花乃子が当日は病院併設のカフェで待機してくれるというので、それに甘えることにしたのだった。

澪のことを慮ってというよりは、花乃子はこういう家族っぽいイベントに目がないのだ。花乃子、亜希、百合子と澪の四人で暮らし始めてから、もうじき一年が経つ。

一年前、どうせどの男ともいずれはセックスしなくなって友達みたいになるんだから長年培った友情のもと女友達と家族になりたいと、ハイボール片手に豪語したのは他でもないこの花乃子だった。言い出しっぺのこいつが最初に飽きてさっさと男つくって出て行くんじゃないかと澪は危惧していたが、今のところそのような兆候はなく、女四人暮らしは危なげなく続いている。

平日昼間の電車は空いていて、陽が差さない側の座席を選び足を放り出すようにしてゆったりと座る。

「手術、思ったより早いからネーム全然終わんなかったわ」

「悪かったね大手術じゃなくて」

花乃子がははっと笑う。

「痛む？」

「痛くないけど、股間に若干の違和感」

「そんだけ韻踏めるんなら大丈夫そうだな」

最寄り駅で電車を降りるとだんだん腹が減ってきて、花乃子を引きずりこむようにして駅前のいきなり！ステーキに入った。

「一刻も早く家に帰りたいんじゃなかったのかよ」

「いやなんか無性にムラムラしてきて」

澪の言葉に花乃子は呆れた風を醸し出しているが、内心では喜んでいるのを知っている。花乃子はこういう非理性的な行動に巻き込まれるのが大好きなのである。

「何グラムいけそう？」と聞かれて「四百」と答えると、飛沫防止のアクリル板越しに花乃子がまじで！　となお嬉しそうに笑う。ここでビールも頼んだら超ウケるだろうなと頭をよぎるが手術後なのでさすがにやめておいた。

手術は金曜だったので有休も当日一日のみで、週明けから普通に仕事が始まった。痛みや出血はほとんどないが、それでも心なしか腰が重たく、在宅勤務を許されていてよかったと心から思った。

午前の勤務を終えて自室のデスクで待機していると、兄嫁の玲奈《れな》さんから「こちらは予定通り昼休みに入りました。そちらはいかがですか？」とＬＩＮＥが入り、「私の方もいつでも大丈夫です」と返信する。ほどなくして玲奈さんの姿がスマホの画面に現れ、「ごめんねえ貴重な昼休みに。こんなこと澪ちゃんに相談するの申し訳ないし、恥ずかしいんだけど」と疲弊した表情で言った。

玲奈さんの娘、つまり澪の姪っ子である小学五年生のニーナが不登校になったというのはあらかじめ電話で聞いていた。

二〇二〇年、春。COVID-19の感染拡大により、われわれの生活は大きく変わった。夏に開催予定だった東京オリンピックは延期が決定し、東京を含む七都府県に国内初の緊急事態宣言が出された。ニーナの通う公立小学校も二ヶ月近く休校となり、ようやく登校再開となった五月の後半から、それまで皆勤だったニーナはぽつりぽつりと学校へ行かなくなって、夏休みを前にして学校へ行くのを完全にやめたのだという。

「私、すっごく戸惑っていて。何で学校に行きたくないのか聞いても何も言わないし。はっきりした理由があるのかもわからない。あの子、学校に行きたがらないこと以外は、本当にいつもどおりなんだよね。勉強もきちんとするし、ご飯も食べる。コロナでミニバスの大会が中止になったのがショックだったのかな？　って思ってそれとなく聞いてみたんだけど、どうも違うみたいなんだよね」

　まあ本当のところはどう思ってるかわかんないんだけどさ、と呟く玲奈さんの背後には、無機質な部屋の大部分を占めるベッドが存在感をあらわにしていた。澪と同じく今日は在宅勤務だという玲奈さんは、家にはずっとニーナがいるからとわざわざ近所のビジネスホテルからビデオ通話を繋いでいるのだった。うちの近所にも東京オリンピック特需を見込んだホテルがいくつか建ったが一向に客が入っている気配はなく、テレワーク向けにラブホより安い金額で時間貸しされている。確かに気分転換にもなるし心置きなく会議もできるかもしれないが、真っ白なシーツを張られたベッドの誘惑と背中合わせではまともな仕事などできる気がしない。

「お兄ちゃんはなんて?」

「今は大人も子どもも不安定な時期だから、しばらく様子を見ようって。っていうか、あの人今とんでもなく忙しいから話し合いの時間もしっかり持ててないんだよね」

　飲料メーカーのシステム系部署で働く兄は、社員のリモートワーク環境の整備やＤＸ化の推進等の業務に忙殺される日々が続いており、出勤・在宅にかかわらず毎晩日付が変わる頃まで働いているらしい。

「勉強をサボってるわけじゃないし、この時期にちょっとくらい学校に行かなくたって取り返しがつかなくなることはないって彼は言うんだけど。確かに、長い人生で数ヶ月小学校に通わない期間があったってどうってことないのかもしれないよね。でもさあ、それって本当にどうってことないのかな。取り返しがつかなくなることはないって、本当にそうなのかなあって思っちゃうんだよね」

　澪より七つ年上の兄夫婦は高校生の時からの付き合いで、少なくとも妹の目からは実に順調な交際を経て新卒一年目で結婚し、翌年にはニーナが生まれた。

　まだ首も据わらない姪を初めて抱いた高校生の澪は、自分も普通にしていればいずれこういうルートを辿るのだろうと漠然と思っていた。何となく誰かと好き同士になり、時が来れば結婚して出産する。どうやらそういうわけではないらしいと気付いたのはいつ頃だっただろうか。

　澪も兄と同じように、少しの不登校くらいどうってことないし、取り返しがつかなくなるなんてことはないだろうと思う。そもそも、いったい何を取り返すのだろうと。しかし、それは他人事としての楽観と詭弁に過ぎず、母親である玲奈を前にして、軽々しく口に出すことはできなかった。不登校によって損なわれるらしい何かを取り返すための時間も苦労も、澪が負うものではないのだ。

「考えすぎだってわかってるんだけど、何だかすごく、ニーナに試されてる感じがするの。対応を間違うことが怖いの。ここでの対応が、今後の親子関係に一生響くんじゃないかと思っちゃうんだよね。一挙手一投足が重要な気がして、優しくしたらいいのか厳しくするべきなのかわからなくなって何もできなくなっちゃうんだよ」

　玲奈の葛藤が切実なことは伝わってくるものの何を言っていいかわからず答えあぐねて

いると、玲奈はそれを察したように「でね、ニーナ、この間澪ちゃんちにお邪魔したことがすごく楽しかったみたいで」と言い訳するように早口で言った。

「澪ちゃんちまた行きたいなー、次いつ行けるかなって、事あるごとに言うの。最初はそうだねーコロナ収まったらまた遊びに行こうねって言ってたんだけど、あの子、ほかに何がしたいとかどこへ行きたいとか一切言わないし、聞いても別にないって言うんだよね。それで、そのー、世の中がこんな時に本当に迷惑で非常識なのは重々承知しているんだけど、近いうちにニーナをまた遊びに行かせてもらえないでしょうか」

　顔を合わせればそれなりに会話もするが、個人的に会うことはないこの兄嫁が、未婚子なしで不登校の経験があるわけでもない自分を相談相手に選んだ理由がようやっと腑に落ちる。

　少女漫画誌「マカロン」の愛読者であるニーナは、花乃子の連載している漫画「オレンジの午後にじゃじゃ馬のキス」通称オレキスの大ファンだった。今年の正月、澪が花乃子と一緒に住んでいることを知ったニーナの興奮はものすごかった。普段は年の割に落ち着いているというかスカしたところのあるニーナが、かつてない情熱で花乃子の情報を根掘り葉掘り訊いてくるのがおかしくて、いちど四人で暮らすシェアハウスに招待して花乃子と対面させたのだった。

「あー、うちはいつでも。同居人たちも喜ぶと思います」

　どいつもこいつも反面教師みたいな大人ばっかりですけどもーと笑って通話を切ったす

ぐあとに、不要な卑下で玲奈を不安がらせたかもしれないとたちまち後悔した。思ってもいない自虐をなんとなく場を和ますために使うのはもうやめようと常々思っていた。でも、自分の年の頃にはとっくに結婚も出産も済ませていた彼女の悩みがあまりに真っ当っぽく思えて、柄にもなくちょっとひるんでしまったのだ。

澪が手術したことを玲奈さんは知らない。母親に、折を見て自分から話すから口外しないでくれと頼んでいたのだった。性交渉経験のないうちが最も効果的とされている子宮頸がんのワクチンを一刻も早くニーナに打たせるようにと母が口やかましく言うのではないかと心配したからだったが、変に気遣われるのがかったるいというのも大きかった。

両親と同居人たち以外には、職場でもっとも親しい同期ひとりにだけ手術を受けることを伝えていた。彼女に妊娠はできるのかと控えめに尋ねられたので問題ないと答えると、「それは、ほんっとうに、よかったねえ！」とほとんど涙ぐみながら手を強く握られた。澪自身よりずっと安堵していて笑えた。でもそれは人として当然の反応なのかもしれなかった。今後、子宮の病気を打ち明けるたびに妊娠機能を心配され、その都度妊娠は可能であると宣言して相手を安心させなければいけないのかと思うとめまいがした。

別に妊娠可能かどうかなど明言しなくてもいいのだが、もう妊娠できない身体なのかもとモヤモヤ同情されるのも嫌だった。となると結局、妊娠機能が残ったことを澪自身はそれほど強く喜んでいないのにも拘わらず、毎回毎回私はまだ妊娠できま〜す！　と宣言するはめになる。そんなのキモすぎる！

午後の始業の時間を過ぎていたが、急ぎの仕事もないしまあ良いだろうとベッドに横たわる。もし病気のことを玲奈さんが知っていたら娘の相談などしてこなかったかもなと思い、やっぱりもうしばらく黙っていようと決めた。

じっとりと暑い土曜の午後、キャリーケースを転がして再び我が家を訪れたニーナは、手足と首がすらりと自然にのびていて、いかにも健やかな女子小学生という雰囲気だった。細い髪を高い位置でポニーテールに結い上げ、ショートパンツにカラフルなスポーツサンダルを合わせたコーディネートはとても不登校には見えないなと思うが、じゃあ不登校っぽい女子ってどんなだろ、と自分の中の「不登校の子」のイメージがあまりに漠然としていることに気づく。

「あ、もうマスク外して良いよ。そのオレンジのマスク可愛いね」と亜希が声をかけると、ゴム紐を耳から外しながら「オレンジじゃなくてアプリコット。私イエベ春だから」と当然のように言うので全員面食らった。

ニーナは、この家で私たち四人と二週間を共に過ごすことになった。前回は日帰りだったので、思いのほか長い滞在を打診されて驚いたが、きっと玲奈さんにとってすごく大きなチャレンジなのだろうと思う。

「夏休みだしちょうどいいね」と嬉しそうにするニーナに、父親である我が兄は「ちょうどいいって、どうせ学校行ってないんだから関係ないじゃん」と言ってのけて玲奈さんは卒倒しそうになったそうだが、ニーナ自身は「そうだけどさあ、気持ちね、気持ち」と平然としていたらしい。

初日の夜は宅配ピザを食べながら五人でゲームをした。手加減してやらなければと思っていたがニーナの方が当たり前に上手いので普通にムキになった。事前に聞いていた通り、澪の目から見てもニーナは不登校以前と何も変わらないように感じた。変わらず生意気で、スカしたところもあるけどちょっとしたことでよく笑った。不登校という話を聞いて初めは少し身構え、慎重な態度をとっていた同居人たちも次第に緊張を緩め、愛らしいゲストの来訪に正面から浮かれた。いつにも増してくだらないことを言い、躍起になってニーナを笑わせた。子どもにウケると超気持ちいいということを知った。夜が更けるにつれて、むしろわれわれが遊んでもらっているような雰囲気になっていった。

基本は澪の部屋に客用の布団を敷いて寝かすことにして、コンセントの場所と、必要に応じて抜いてもいいプラグを教えてやる。おやすみと声をかけて寝る前のアイドリングタイムでSNSを巡回していると、ニーナも同じようにスマホを操作している気配が暗い部屋のなかにぼんやりと漂う。ひっきりなしに連絡を取り合っているのはどうやら学校の友人たちであるようで、時折新着メッセージを確認しては声を潜めてクスクス笑ったりもしている。私、すっごく戸惑っていて。そう零《こぼ》した玲奈さんの疲弊した表情を思い出す。たしかに、友人とうまくいってないとか、そういうわかりやすく納得できる不登校の理由がほしいよな。納得できて、何かしらの対策をとれる原因が。

ニーナは夏休みでもわれわれには平日が訪れる。ニーナは日中の大部分を花乃子の部屋で過ごしている。モニターに向かって漫画を描いている花乃子の隣に丸椅子を置き、作業風景を飽きもせずじっと見守っているそうだが、ときどきはリビングに出て自分の勉強を進めたりもしているようだった。

今日は百合子のみ出勤で、澪と亜希は在宅勤務の予定だった。政府にステイホームを要請されて在宅勤務が始まった直後は、平日も親友と同じ屋根の下で仕事をするという非日常のオモシロに一瞬爆盛り上がりしたものだったが、四六時中四人全員が在宅している生活が続くと、かつてない息苦しさに苛《さいな》まれた。ただ、それもやがて慣れた。今となっては、常に壁の向こうにある自分以外の人間の息づかいも、トイレやキッチンに立つ物音も、すべて何とも思わなくなった。一方で、珍しく全員揃った夜のお祭り気分などもすっかり過去のものとなった。同じ屋根の下にいる時間は増えたはずなのに、不思議と同居人たちの髪型や体型などに関する細かい変化に鈍くなった。

金曜日など、終電まで飲んで帰ると、同じく終電帰りだったらしいべろべろの同居人と改札あたりで遭遇することがままあって、どのみち帰宅すれば会うというのに大声で会話しながら千鳥足で家まで帰る道のりがずいぶん楽しく感じられたものだったが、飲食店が軒並み閉まっている今となってはそんなこともめっきりなくなった。四人とも馬鹿正直に自粛し続けているわけでもなく、日によって変わっていく同居人たちのコロナに対する警戒度合い、たとえば家族か彼氏と会うのはオッケーだけどそれ以外の異性と遊ぶのは微妙みたいな暗黙の線引きを敏感に察しながら各々適度に息抜きしていたが、それでもやはり人間関係は縮小していった。四人のうち誰かひとりでも感染すれば必然的に全員濃厚接触者と断定されることは免れず、われわれの運命共同体度合いは予期せぬかたちで強まっていた。

ニーナにとってこの二週間は非日常かもしれないが、もちろんわれわれにとっても大イベントであり、普段はとてもじゃないけど手作りなどする気になれない餃子を作ろうという気分にすらなってしまうのだった。

ダイニングテーブルにラップを敷き詰め、餃子の皮を一面に並べてせっせとタネを包む。しきりに時計を見ては「百合ちゃん帰ってこないなー」と心配そうにするニーナを、亜希が「百合子は九時くらいになるって言ってたから先に食べてよう」となだめる。

「えー。遅」

在宅勤務の適用でゆとりができたことに加えて、ニーナがやってきてからは四人とも意識的に早めに仕事を切り上げているが、それでもニーナにとっては、私たちがものすごく忙しく働いている大人のように見えているらしかった。「いやあんたのパパやママの方がずっと忙しくしてるでしょ」と言うと「えー、確かにお父さんはいつも帰り遅いけど。お母さんはまあ、普通じゃん？　ザンギョーとかしてないっぽいし」とピンと来ていない様子なので、澪と亜希の脳裏に、親の心子知らずという言葉が反射的に浮かぶ。

「まあでも、九時だってこれまでに比べたら早い方だよ。コロナ前は毎日もっと遅くに帰ってきてたよね。日付越すこともあったし」

亜希の言葉に、ニーナは顔をしかめる。

「何それ。それでまた次の日も朝から仕事行くんでしょ。信じられない」

「百合子ほどじゃないけど、みんなわりとそんなもんだったよ」

「それが月曜から金曜までで、夏休みも一週間とかしかないんでしょ……。なんか……人生楽しい……？　大丈夫……？」

ニーナが餃子を包む手をとめて、心底同情しているような顔でこちらを見るのでおかしくなって、思わず亜希と顔を見合わせる。

「うん、楽しい楽しい。大丈夫大丈夫」

ほんとう～？　とニーナは疑わしそうにしながらも、「でも確かにお母さんよりは楽しそうかも。澪ちゃんたち」と言った。

九時過ぎに百合子が帰ってくると、ニーナが玄関まで小走りで出迎えに行き、それがおもしろくなかったのか花乃子が「でもニーナは私の大ファンなんだもんね～」と肩を寄せたがニーナは「は？　自意識過剰」と嫌がった。自意識過剰というのはニーナのお気に入りワードのひとつで、しばしば「ジイシキ」「ジカジョー」などと省略して用いられる。

「何度も言ってるけど、私百合ちゃん推しだから」

「ニーナ、花乃子にいちばん面倒見てもらってるくせに忖度ねえな」

「花乃子は昔のマカロンではいちばん好きだったたってだけ」

初めは「花乃子先生」と畏敬の念を持って接していたのが嘘のようで、今となっては花乃子だけ堂々と呼び捨てにし、すっかりナメた口をきくようになった。

「昔はってどういうこと⁉　今は違うのかよ⁉」

花乃子は露骨に焦って食ってかかる。

「私のより好きな漫画ってどれだよ！　言え！」

ぎゃーぎゃーと揉み合っている花乃子とニーナを眺めると自然と頬がほころんだ。

こうして団欒していると、ニーナが不登校であることを忘れそうになる。いや、忘れてもいいのか、ニーナの本質は不登校というところにはないのだから。しかし、どうしても考えてしまう。ニーナはどうして学校に行かないのだろう。自分が学校に行かなかった時期がないからわからない。いや経験したことがあればわかってやれるというのは傲慢か。ひとにはひとの不登校……。

「ニーナいま十一歳か～。若いな～」

酔いが回ってきて気が緩み、澪がこれまで自分がさんざん年上の大人たちに言われてきてうっとうしかったセリフをつい口に出してしまう。

「だって十一歳でしょ……マジ、これから何にでもなれるし何でもできるな～」

ニーナは「澪ちゃん何言ってんの？　何にでもはなれないよ。現実見なよ」と辛辣ではあるが、悪い気はしないらしく、「ねえ、私のこと羨ましい？」と笑顔で聞いてきた。

「は？」

「若いから！」

「別に羨ましくはないよ。悪いけど、私たちにも平等に十一歳はあったんだよ」

「子どもに戻りたいとか思わないの」

ニーナが食い下がってくるので、ええ〜……思う？　と亜希の方を窺うと、亜希は「うーん、二週間くらいだったら戻ってもいいかな。一ヶ月は嫌だけど」と言い、百合子は「私は絶対戻りたくないなー！　大人楽しいから！」と断言した。

ニーナは「あっそ」とつまらなそうに言った。

とっくに満腹らしいニーナは頬杖をつき、スマホを操作しながら「澪ちゃんたちさー、ケッコンとかどう考えてんの？」と言った。

「ゆってもみんなアラサーじゃん。テキレイキなわけじゃん？　ケッコンとか真剣に考えないの？」

何でもない風にスマホに目を落としているが、適齢期という単語を発声するのにかすかに意気込んだことが澪にはわかり、普段なら微笑ましく思うそのイキりに苛立つ。痛いとこついてやろうという気持ちの尻尾を捕まえてこらしめてやりたいと思う。親戚の集まりの中で澪が結婚にからめた揶揄をうけるたび徒労と思いつつも厳しくたしなめていたあのやりとり、長期連載の最終回を迎える時の花乃子が絶対にカップル総成立の安易なウエディングラストにはしないと担当編集者と息巻いていたことなどのひとつひとつが瞬間的に頭をめぐり、なんだかどっと無力感におそわれる。その一秒に満たない光の明滅のような絶望むなしさ怒りが澪の酔った脳内をかけめぐりながらもなんとなく叔母である自分に回答の責任があると覚悟して何事か言おうとした瞬間、自然な会話のテンポを崩さずに発言したのはニーナの隣でまだ餃子を食べ続けている花乃子だった。

「澪ちゃんたちはねえ、ケッコンとかめちゃめちゃ真剣に考えた結果こうなってんだよ」

「真剣に考えた結果、ケッコンはしない方がいいって結論になったってこと？」

ニーナは怪訝そうにしている。

「ニーナはさあ、学校に行くのやめてるじゃん。たぶん他の子より学校についてめちゃめちゃ真剣に考えた結果いまそうしてるんだよね。それってつまり、ニーナの中で学校に行かない方がいいって結論になったってこと？」

われわれがニーナの不登校について言及したのはこれが初めてだった。

「それは……」とニーナは口ごもる。

「まだ、考え中」

しばしの沈黙の後にニーナがそう言うと、「そうなんだ。私たちも、まだ考え中なの」と花乃子が答えた。そうか、私たちってまだ考え中なのか、と澪は他人事のように思った。

すっかり慣れた様子で「今日は亜希ちゃんの部屋で寝る」と布団を抱えたニーナに「あしたニーナママくるよ」と伝えると、「え、まだあと一週間あるよね？」と中腰のまま眉をひそめた。

「うん、ちょっと様子見に来るだけだよ」

「ふーん。大丈夫なのに」

　翌日の昼、玲奈さんは洒落た手土産を片手に「ご迷惑をおかけして……」と腰を低くしてやってきた。

「いいえ、迷惑どころかむしろお給料を払わなければいけないかもしれません。いろいろお手伝いしてもらってて」

　花乃子は、作業をただじっと見つめているニーナになにか仕事を与えなければというプレッシャーを感じたらしく、原稿の塗り忘れや誤字脱字のチェックをやらせているのだった。

　当のニーナは、一週間ぶりに顔を合わせる母親に、「あ、来たんだ」とこちらが心配になるくらい素っ気なかったが、玲奈さんは慣れているのか特に気分を害した素振りも見せなかった。

　玲奈さんは遠慮がちにリビングを見回して「なんか、本当に普通のマンションに住んでるんですね、友達同士で……」と物珍しそうに言った。

　花乃子は、ルームシェアを始めるにあたって物件を探すのがいかに大変だったかを嬉々として語り始めた。実際に苦労したのは実務的な作業を一手に担っていた澪であるが、自由業の花乃子が平日にこなしてくれたいくつかの雑務を思って溜飲を下げる。

「私たちみたいな女同士だとまだマシで、男同士のルームシェアはペット可の部屋より探すのが難しいらしいですよ」

百合子が言うと、玲奈さんは笑っていいものか迷うように曖昧に眉を上げた。

われわれは、亜希お手製のデリ風サラダ、近所のパン屋で一番人気のオリーブ入りのパン、小汚い中華屋の豚の角煮など、目についたうまそうなものを節操なくテーブルに並べ、盛大に飲み食いを始めた。

身のまわりの女たちはうまいものセンサーが異様に発達していて、どこどこの店のキッシュだのナントカ軒の点心だの、どんな集まりでも自分の知らないうまいものを持ってきてくれるからすごい。トレンド力に引けを取る澪は、持ち寄りパーティーの時などネタ切れになりがちでしばしば気後れしてしまう。

ひとしきり食べてトイレから戻ると、ダイニングテーブルには世間話に花を咲かせている玲奈さんと百合子と花乃子、ソファではもたれあって何やらスマホの画面を見せ合っている亜希とニーナの姿があって、思わず「女しかいないな……」と呟いた。その言葉に玲奈さんも反応し、「ほんと、なんか女子校みたいだよね」と笑った。

私立校の層が薄い私たちの地元では、公立高校のトップは名門の男女別学で、次点にわれわれ四人の出身校である共学校が位置していた。兄と玲奈さんはその対になっている男子校・女子校の卒業生である。近年は別学の人気が落ち、われわれの母校が県内偏差値トップになったらしい。

私たちは四人とも「クラスに女しかいないってのもちょっとな」という思いが少なからずあって共学の高校を選んだのに、結局卒業後も女四人でいつまでもつるんで一緒に暮らしているのが何だかおかしかった。

街なかで例の名門女子校の特徴的な制服を見かけるたびに、誰からともなく「人類の半分は男なのにねー。まあ人生一回くらいは女子校通ってみてもよかったかも〜笑」などと、うちらはあえて名門校を選ばなかったのだ、と含みを持たせた物言いをした。特別恋愛に関心があったわけじゃないが、進んで女しかいない学校を選ぶ人の気持ちが本当にわからなかった。その疑問は大学に進んでからも続いた。澪は大学時代にごくありふれた、特に華やかでないフリーペーパー作成サークルに入っていたが、どの学年にも数人在籍している近隣女子大の学生のことを本気で不思議に思っていた。

「楽しかったなー、女子校。校則は厳しかったし勉強も大変だったけど、今思えばなんだかすごく自由だった……」

玲奈さんがうっとりとした目で、自分たちの高校では生徒たちがいかに団結していたか、バレンタインの盛り上がりがどうだったとか、共学コンプ的な自虐を交えて思い出を語るのに相槌を打ちながら、でもこの人は女子校にいながらずっと兄と付き合ってたんだよなーと思う。

ニーナは母親の思い出話には一切興味がなさそうで、亜希の隣で黙ってスマホを操作していたが、不意に玲奈さんに「ニーナは女子校と共学どっちへ行きたい？」と尋ねられ、

「えー……どっちかなあ。どっちだって同じだよ。男子なんていてもいなくても口きかないし」と言った。

ニーナに学校の話題が振られたことで四人のあいだに薄い緊張が走った。ニーナは「へえ。硬派じゃん」という花乃子の軽口には答えず、スマホから目を離さないまま続けた。

「女子でも全然話さない子たくさんいるよ。給食だって机離して前向いて無言で食べてるんだよ。つか、みんなマスクしてるから顔すらよく知らない人いる。ネットの自撮りはまるで違う顔だし。運動会も林間学校もなくなったし、なんか、こんな感じで小学校なんて意味あんのかな。って思うよね。授業はバカに合わせるから超簡単だしさ。ここで勉強してた方がよっぽど楽しいし効率いいよ」

何気ない風を装っているようだったが、前から心の中に保存していた文章を、その時がきたとばかりに勇んでアウトプットしたかのような話し方だった。ニーナは、適齢期とか自意識過剰とか、お気に入りの単語を使う時ちょっと早口になる。

「学校行く意味はもちろんあるよ！」

玲奈さんが間髪容れずに言った。

「ここで勉強してた方がよっぽどいいって言うけど、この家のみんなだってもともとは高校の同級生なんだよ。やっぱり学生時代の友人っていうのは特別で、大人になってもモノを言うんだよ、だから」

玲奈さんはそこまで言って、続きを言いあぐねたが、ニーナは「だから」のその先を敏感に察して引き受けた。

「すいませんね不登校で。でもお母さんは学校の友達なんてひとりもいないじゃん」

「いるよ。います。いたけど、子育てしてたら疎遠になるもんなの。みんなそうなの。しょうがないの」

「はいはい、友達いないのも私のせいってワケね……」

「もー、そんなこと言ってないじゃん。なんでそんな嫌な言い方するの？　ほんと、びっくりだよ……」

われわれ四人は口を挟まず、その場に沈黙が流れる。

ニーナがぽつりと「スマホがあってコロナがない時代に生まれたかったな」と言った。

「じゃあコロナのせいで学校行きたくないってことなの？」

「そういうわけではない。」

もうこれ以上話すことはないと言わんばかりに、ニーナはイヤホンを装着して動画を見始めた。


駅まで歩く道すがら、玲奈さんは澪に「ごめんなさい、ちょっと空気悪くしちゃって……」と申し訳なさそうに言った。

あの後、われわれはそれとなくその場の空気を軌道修正して、他愛ない愚痴や談笑に興じたが、ニーナ母娘は最後までぎこちないままだった。

「でも意外でした。これまで玲奈さんとニーナが言い合ってるの見たことなかったから」

「いやほんと、これまでほとんどなかったんだよー。親の私が言うのもなんだけど、年の割にニーナってなんていうか……」

「マセてますよね」

「そうかも。基本アツくならないし。ミニバスのコーチにもよく叱られてたんだよねー、覇気がないって。覇気のなさを叱られるって何？　って思うけどね親としては」

「私覇気なんかあったことないですよ人生で」

「私もないよー」

でもまあ、ある子にはあるのよね覇気ってもんが。と玲奈さんは道路の先を眺めて言った。

「家族以外の私たちがいたから、よけいに意地張っちゃったのかもしれないですね」

「そうかも。でも、娘に友達いないじゃんって言われたの、さすがにカチンときちゃったなー」

玲奈さんは苦笑して続けた。

「私、二十四の時出産したでしょ。彼とは付き合いが長かったから、自分の中では結婚も出産も満を持して、っていうか、やっとかー、って感じだったんだけど、友達の中ではかなり早いほうでさあ。今でこそ同級生は子持ちも増えてるけど。当時、独身を謳歌してるっぽい同級生のSNSとか、めちゃめちゃブロックしてたんだよね」

してたっていうか、今もしてるわ！　めちゃめちゃしてる！　と玲奈さんは笑う。

「もちろんニーナが生まれて、これ以上の幸せなんてないって思ってるんだよ」

「それとこれとは別ですよね」

「バリバリ仕事して友達と一緒の家に住んで、気の利いたインテリアにして……、なんか、澪ちゃんたちのおうち見て、こういう人生もあったんだなって思っちゃった」

玲奈さんはそう言った後に、「いやでも、どのみちなかったのかな。私の人生には……。私がぜったい選べない選択肢のかたまりなのかも、あの家は」と言い直した。

「私だって、玲奈さんとニーナ見ると、こういう人生もあったんだなって思いますよ」

「あったんだなって、澪ちゃんだってまだ……」

玲奈さんが最後まで言い終わらないうちに「私、子宮がん検診引っかかっちゃって、この間手術したんですよ」と被せるように言った。

手術？　と玲奈さんが目を見開く。

「発見が早かったんで手術っていっても子宮の入り口のとこレーザーでちょっと切っただけなんですけど。でもついでに卵巣にも異常が見つかっちゃって。現状私ちっとも排卵できてないみたいなんですよね。多嚢胞性卵巣症候群って言って、これも結構よくある排卵障害の一種らしいんですけど。全然命に別状もないし、妊娠も出産もしようと思えばできるらしいんですけどね。普通の人よりはちょっとできにくいかなってだけで」

玲奈さんに口を挟む余地を与えないままべらべらと勢いよく言いきる。みたいとからしいとか、我ながら他人事みたいな口ぶりだなと思うが、じっさい自分の下腹部で起きているらしい異変が、澪にはどうにも身に迫って考えられないのだった。それと同時に、今の早口の喋り方ニーナみたいだったなと意図せず血のつながりを感じ、家でリラックスしているであろう姪を愛おしく思う。

「そうだったんだ」

大変だったたね、でも発見が早かったのは本当に良かったね、検診大事だね。そのような当たり障りのないやりとりを二つ三つ交わし、われわれはそれきり口をつぐんだ。

ひとたび沈黙が生まれると、頭の中ではかまびすしく思考がうごめく。同居人にもまだ打ち明けていない卵巣の異常を、なぜ今打ち明けてしまったのだろう。

澪は、自分が情けなかった。結果的に、自分の疾患を打ち明けることで玲奈さんを牽制してしまった。突き放してしまった。

年が近すぎず離れすぎていない私たちは顔を合わせる度、お互いマウントをとらないよう細心の注意を払っていた。幸せ自慢も不幸自慢もしない。よそはよそ、うちはうち。余計なことを言わないようにしすぎて、つねに言葉の足りない私たちだったが、澪が不幸マウントをとってしまってついにお互いに無言になった。

別れ際、やや他人行儀に、ニーナのこと、もう一週間よろしくお願いしますね。と言われ、いえいえこちらこそ、とこちらもビジネススマイルで応じた。

玲奈さんが改札を通るのを見送り、引き返して家へと歩きながら、ニーナのことでも自分の病気のことでもなく、澪は花乃子のことばかり考えていた。

ルームシェアが始まった大きなきっかけは、花乃子が高校一年生の時から付き合っていた雄太と別れたことだった。共通の友達もたくさんいて、この二人はそのうち結婚するんだろうなってみんな思っていて……。

玲奈さんを見るとどうしても、これは花乃子が歩みたかった道なんじゃないのか？　という思いが頭をよぎるのだった。

でもそれは、花乃子を思いやっているというよりも自分の不安からの逃避なのかもしれなかった。


二週間の滞在が終わりに近づくにつれて、ニーナは目に見えて不機嫌になってきた。花乃子以外の三人にも「バカじゃないの？」「自意識過剰じゃん」などと事あるごとに早口で毒づき、言ったそばから後悔するのか、謝りはしないままにぴったりとからだを押しつけてくるのだった。からだを寄せられるたび、澪はそのしっとりとした高い体温をもてあました。

しかし、最終日の前日には、それまでとげとげしくしていたのが嘘のように、いつもより余計にはしゃいでいる明るいニーナだった。そのらしくないともいえる振る舞いに、安堵するよりもむしろ切なさが勝った。

ニーナのリクエストで、最後の夕飯はふたたび餃子だった。寂しくなるねと亜希が言うと、ニーナは寂しくないよまた遊びに来るし。とすまして言った。

「適当にがんばんなよ」

花乃子が声をかけると、ニーナは余裕そうに笑った。

「まあぼちぼち学校は行くつもり、ばかばかしいけど……」

澪は、えらいじゃん、と言おうとして迷って、「……やるじゃん」と言いなおした。

「あのさ、私、澪ちゃんたちのおかげで学校行く気になったってお母さんに言うよ。そしたら丸く収まってまたここに遊びに来られるでしょ。澪ちゃんたちみたいに大事な友達をたくさんつくりたいから学校行く、って言う」

ニーナの言葉は相変わらず早口で聞き取りづらかった。一呼吸おいて理解して、「強かだなー！」と百合子が笑うと、ニーナは「シタタカ?」と首をかしげ、すぐさまスマホで検索を始めた。意味を音読し、「強か、強かねー」と繰り返していたので、「自意識過剰」「適齢期」に続いて「強か」もお気に入りワードに加わったかもしれない。

「さすがにさ、いつまでもこんなことしてるわけにはいかないもんね。わかってるんだよ本当は。遊びの時間はおしまい」

ニーナの言葉に、私たちは誰も返事をせず、はちきれるまで餃子を貪り食い、しこたま酒を飲んだ。そんな私たちに呆れた顔を向けながらも、ニーナも珍しく大声で笑ってずいぶん楽しそうにコーラを飲んでいた。夜が更けてきたのでそろそろ寝るよう促すと、それまで明るくしていたニーナは一転してスイッチが入ったようにしゃくりあげ、唇をかんでじゅるじゅると涙をこぼし始めた。見ていて清々《すがすが》しく、感服させられるほど見事な大泣きだった。つられて花乃子と亜希も泣き出し、ついには百合子までもが涙ぐみ始めた。

勘弁してくれよ。

姪を二週間預かるのと自分の子どもを産んで育て上げるのは大違いだってことは頭ではわかっている。それでも、姪を愛おしく思う気持ちが増すにつれて、自分のからだの不具合が途方もなく重大なものに思えてくる。

玲奈さんはこの家を「私がぜったい選べない選択肢のかたまり」と言った。澪もニーナを見ていると、今まさに自分の人生からこぼれおちかけている選択肢を突きつけられているように感じて苦しいのだった。

花乃子はソファにもたれてニーナを抱きかかえ、自分も泣きながら細い背を優しくさすっている。ニーナも赤ん坊のようにされるがままになっている。

花乃子はニーナのことをいったいどう思っている？　あのまま雄太と付き合い続けていたら今頃自分にも、とただの一度も考えることはなかっただろうか？　いや、考えたことがないはずはない。付き合っている頃から、当たり前みたいに将来の子どもの話を口に出すような二人だったのだ。

花乃子が、やっぱりこんな暮らしは一時の気の迷いだった、なんて言って元の暮らしに戻ろうとしたらと考えると我慢ならなかった。亜希と百合子は？　いったいどう思っている？　ニーナのことを、自分の人生とは切り離した存在として考えているのだろうか？

ニーナが大きく鼻をかむ音で澪は我に返る。

いつのまにか強く握っていた拳を開くと、手のひらにくっきりと爪のあとが残っていた。正気じゃない。ゆっくりと深呼吸をする。

病気が発覚してからというもの、この暮らしへの執着が変に強まっているようだった。心のどこかで、同居人たちに子どもができにくいかもしれない自分の道連れになってほしいと思ってしまっていた。自分はやっぱり傷ついているのかもしれないとようやく思った。

号泣のピークをすぎたようで、ニーナのしゃくり上げる声が徐々に小さくなっている。泣き疲れたあとにぐっすり眠る心地よさを、澪もずっと昔に経験したような気がするが今はもう忘れていた。じきに姪に訪れるであろう深い眠りのことを思って、澪ははじめてその若さを羨ましく思った。


遊びの時間はおしまいと宣言してニーナは帰っていったがわれわれの時間は続いていく。

マンションのメールボックスに区議会議員選挙の投票券が届いた。私たちの家には世帯主が四人いるから当然といえば当然なのだが、全く同じ投票券在中封筒が四通投函されている様はなんだかおかしかった。

澪には生まれてこの方選挙に行く習慣がなかったが、家族っぽいイベントに目がない花乃子がどうしても四人で投票うぃって外食したいというので、当日は万障繰り合わせの上連れ立って近所の投票所へ行き、しずしずと投票をすませると吸い込まれるように最寄りのロイホに入った。

じりじりと太陽の照りつける、蒸し暑い八月の日曜日だった。

肉が食いたいな。そう思って迷わずステーキのページを開くと、「景気いいねー」と百合子に笑われた。

投票にさほど意義を感じていない澪でもいざ行くとなれば無駄票を投じたくなくて、事前にネットで情報収集に励んでから臨んだ選挙だった。澪は、何をするにもまず口コミやレビューを確認し、ひたすら比較検討しなければ気が済まないたちだった。それは病院ひとつかかるのにも同様で、その比較検討が億劫であるのも選挙や病院に足が向かない大きな理由のひとつだった。

冷房の効いたロイホの店内で一息ついてもだれも今回の選挙について言及しようとせず、澪が急場しのぎで仕入れた知識を披露する機会はついぞなかった。われわれにとって政治の話はセックスの話よりずっと気恥ずかしいのだった。

「うちの会社、最近社長が代わったって言ったじゃん」

ひとくち水を飲んで百合子が口を開く。

「あー例のやり手のハーバードの人ね」

百合子の会社は代表取締役の交代により、研修制度やインセンティブシステムなど、あらゆる就業規則や労働環境にガンガンてこ入れされているのだという。

「新しく導入されるベネフィットの中に、卵子凍結の補助も含まれるらしいんだよね」

「……へえ」

「補助を受けられる対象は社員本人に限らず、社員のパートナーも含まれるんだって。パートナーの範囲も、配偶者はもちろん事実婚とか同性パートナーの場合でも認められるらしい」

福利厚生をベネフィットと呼ぶような会社は違うな、と、半ば遠い世界の話として聞いていた澪だったが、急に自分の身に迫って感じられ、「……それって私たちも対象になるのかな」と尋ねた。

「知らんけど。私のパートナーって会社に認められたら対象になるんじゃない」

今のところ私自身は興味ないけど、補助が出るって言われるとちょっと考えちゃうよねー。百合子はそう言ってまた水を飲み、「今日ほんと暑いな、ビール飲みたい」とぼやいた。いいね、とそれぞれ気の抜けた相槌を打ったものの、誰も実際にはアルコールを頼もうとしなかった。

ステイホームが続き、近ごろは同居人以外と雑談する機会がだいぶ減ってはいたが、だいたい三〜七歳上くらいの女性たちのあいだで卵子凍結や不妊治療がホットトピックのひとつになっているのは薄々感じていた。

医学上、三十五歳以上の初産は高齢出産と定義されている。

しばらくして、フロアスタッフが次々と料理を運んでくる。亜希の前に置かれたオムライスのつややかな黄色に目を奪われた。一人前にいくつの玉子を使っているんだろう。

人間の子宮は通常鶏の卵くらいの大きさで、卵巣はうずらの卵くらいだという。

澪が注文したアンガスサーロインステーキのプレートも運ばれてきた。皿からこぼれんばかりの立派な肉のたたずまいに、同居人たちからも「おお」と感嘆の声が漏れた。

格子状の焼き目がついたステーキ肉にぶすりとフォークを刺し、ナイフを入れると、肉汁がじわりと溢れて付け合わせのポテトが濡れる。

澪が患《わずら》っている多嚢胞性卵巣症候群（ＰＣＯＳ）という疾患は、排卵がされにくいぶん、卵子が卵巣に多くとどまっており、卵子凍結のための採卵は比較的数がとれる傾向にあるというのをネットで読んだ。その場で「pcos　卵子凍結」と検索して、認識を再確認するためいくつかの記事を斜め読みする。

澪は、自分のからだから取り出された卵子が、大きな冷凍庫に保管されるさまを想像した。実際にどのような機器に保管されるのか具体的なことを澪はなにひとつ知らないが、もやのかかった薄暗いラボ的なところにあって、厳密に清潔に管理されている、銀色の巨大な冷凍庫をぼんやりと思い浮かべる。

実情とはまるで違うかも知れない空想上のその巨大な冷凍庫が、なぜだかすごく心強く思えた。そして、その冷凍庫を使う優待券を持っている親友の存在も。

自分の勤めている古き良き日本企業とは大きく社風の異なる百合子の勤め先の話を、普段はやや冷めた気持ちで聞いていていたのだった。

百合子が注文したのはサラダとオニオングラタンスープがセットになったブランチセッ

トだった。「私、卵子凍結かなり興味あるかも」と言うと、百合子はガーリックトーストをちぎりながら「詳しい要件調べて転送するわ」と言った。

澪は、これまで想像したこともなかった新たな選択肢ににわかに高揚していた。パパとママの愛情の結晶としての赤ちゃんを授かるとか、そういうオカルトめいた運や縁に大きく頼らざるをえない価値観より、体外受精とか、卵子凍結とか、そういうシステマチックなやり方のほうがずっと性に合っているような気がした。

通えそうな病院の情報を集めて吟味しなければ。あの広告でよく見かける婦人科の評判は実際どうなんだろう？

亜希が澪の心を読んだように、「私、診療科別に優良クリニック一覧リストアップしてるからシェアするよ」と言った。「たしかフォロイーが比較記事ポストしてたはず」

三人が卵子凍結のリスクや手順について議論している中、花乃子は私たちの会話に口を挟まず、黙々とパンケーキを食べている。

お前も何とか言えよ、と澪は急速に苛立った。家族になろうって最初に言い出したのはお前だろうが。

こいつ、うちらの中で一番自由に見えてその実一番守りなんだよな、と隣に座る花乃子を舌打ち混じりに一瞥すると、あの日と同じピンクのレオパード柄タンクトップを着ていることに気付いて、なんか、まあいいか。と思えた。

だって私たちはまだ考え中なのだ。

「花乃子さあ、私の葬式にも遠慮なく殺生を連想させる服装で来ていいからね」と言うと、

「は？」と怪訝そうに聞き返された。その眉を寄せた顔が間抜けで笑えた。

4

# よくある話をやめよう

これまでの人生で、花乃子は多くの夜をデスクに向き合って過ごしてきた。ある時はただ頭を抱え、ある時は一心不乱に手を動かしていた。それは小学校入学祝いに買い与えられた実家の学習机でもあれば、狭いワンルームの窓際に据えたニトリの折り畳みデスクでもあった。

そして今、二十八歳の花乃子は女友達と四人で暮らすマンションの一室で、L字デスクに据えた液晶タブレットに向かって次号予告のカットに取り掛かっていた。

職業柄在宅で作業することが多い花乃子には広めの部屋が割り当てられており、その分家賃も多めに負担している。

髪の毛の部分のペン入れを終え、細かく拡大縮小を繰り返して自分が息を吹き込んだばかりのラインに惚れ惚れしきったあと、ぐーっと背を後ろに反らせた。液タブをデスクの天板と平行に近い角度に設定しているので、どうしても姿勢は悪くなる。

時刻を確認すると、午前二時をまわったところだった。

夜中にふと手を止めると、自分が今どこに立っているかわからなくなる。同じような夜を過ごしているあらゆる時間軸・世界線の自分が、何かの拍子に入れ替わってしまっても、気付かずにそのまま作業を続けるような気がした。

　集中が途切れてしまったので部屋の隅に鎮座している段ボールに手を突っ込み、無作為に選んだ既読のファンレターを三通開いた。そこには子どもたちの巨大な感情が惜しみなくしたためられており、用法用量を守ればいい感じにバフがかかるけど、下手に読み過ぎるとかえって食らう。

　そういえば、好きな作家の新刊がそろそろ出る頃じゃなかったか。ネットサーフィン防止に封印していたスマホの電源を入れ、Amazonで手早く予約注文を済ませた。ついでにSNSを開き、サクッとエゴサした流れでDMも軽くチェックする。肉筆のファンレターだけでなくSNS経由でのメッセージも日々大量に届くが、郵便物と違ってこっちは編集者のチェックが入らないので、結構な割合でスパムや誹謗中傷、謎の業者からのメッセージ等も紛れ込んでおり、好意的な内容であることが事前にわかるもの以外は開封しないことにしている。

　未読メッセージの一覧にざっと目を通したが、いずれも開封の必要はなさそうだった。安堵したような、物足りないような気持ちで再びスマホの電源を落とす。

　あの匿名のメッセージを受け取ったのは二年以上も前のことになるが、未だに花乃子の心は簡単にあの夜に引き戻されてしまう。新卒入社した中堅電子部品メーカーの総務の仕事を辞め、専業漫画家となることを決意した頃だ。最終出勤日まで残りわずかとなり、心身ともに厳しいダブルワークからの解放を眼前に見据えて気力を振り絞り漫画を描いていたあの夜、なんの気なしに開いたSNSで、捨てアカと思われるアカウントから届いた一通のメッセージを発見したのだった。

「あなたの彼氏浮気してますよ。七日の夜に町田理沙《まちだりさ》とホテルに行ってます。もう好きじゃないなら別れてあげた方がいいんじゃないですか？」

とっくに削除したメッセージなのに、いまだに一字一句違わず思い出せる。

内容を確認してすぐに、悪質ないたずらだと思った。雄太が浮気なんかできるタイプの男じゃないというのは、十年付き合った自分が一番よくわかっていた。町田理沙というのは実際の知人の名前だったから、面識のある誰かの仕業であることは明白で、どこの誰がこんなデマを送ってきたのだろうと薄気味悪く感じた。

だからこそ、翌日そのメッセージのことを知った雄太がノータイムで土下座の体勢をとった時には頭が真っ白になった。

雄太の言葉を全面的に信用するとすれば、今回の浮気が初めてで、もうこれっきりしないつもりだったと言う。

高校一年生の時に付き合い始めた花乃子と雄太はお互いが初めての交際相手で、手を繋ぐのもキスもセックスもあらゆる初めてを一緒に経験してきた。都会ではないけど田舎というほどでもない北関東の街から大学進学を機に一緒に東京に出てきて、初めての一人暮らしの高揚も同じタイミングで共有したのだった。この先も、結婚や出産などといった各種イベントの数々を一緒に経験していくのだと思っていた。まさか、ここにきて浮気されるという不本意な初めてを一方的に味わわされるとは夢にも思わなかった。

　土下座したまま小さく震えている雄太の後頭部を見下ろして、燃え上がるような怒りと苛立ちを感じた。その一方で、産毛の目立つ耳の裏も、膝の上でぎゅっと握った両の拳も、この期に及んで愛おしくって嫌になった。この怒りと愛おしさが風化するまでの時間を思って気が遠くなった。

「帰る」

　荷物をひっつかんだ花乃子の手をとって、雄太は「お願いだから帰らないで……」と懇願した。その手を、触んないで！　と必要以上に乱暴に振り払った。そうすることで自分の怒りを鼓舞しようとした。

「顔も見たくない」

「お願い、許して、ごめんなさい、嫌いにならないで、別れるなんて言わないで」

　涙まじりにすがる雄太の情けない表情が、花乃子の怒りを煽った。

「そんなに理沙とやりたかったわけ！　だったらもうあの子と付き合えば！」

　吐き捨てるように言うと、雄太は、違う、違うんだよと弱々しく言った。

「一回だけ他の子としてみたかった、と雄太は言った。

　熱がすっと冷えていくのを感じた。

　猿のようにやりまくっていた高校時代と比べると二人のセックスの回数は激減していて、

二ヶ月に一回やればいい方だった。

それについての言及を、花乃子はずっと避け続けてきたのだった。雄太に対してもそうだし、親友たちにも、実はうちセックスレスでさーとか、どんなに気が緩んだ時にも言わなかった。

私とはしないくせに！　という言葉が腹の底からこみ上げてきて、喉元で毒々しくふくらみ、とぐろを巻いて蠢《うごめ》いていた。口に出して言ってしまえば、一時的にせよすっきりしたのかもしれない。だけど結局花乃子は、その言葉を飲み下して再び腹に収めたのだった。言わなかった言葉は、腹の中で毒をもって花乃子を蝕《むしば》んだ。どうして私とあなたの間にはセックスがないのか。それなのにどうしてあの子とやったのか。

セックスがなかったとはいえ、雄太の性欲それ自体は枯れていないんだろうなとは思っていた。彼の部屋で、自慰の痕跡のようなものを発見したこともある。

想定内の快楽しか得られない私とのセックスは、雄太にとってとっくに娯楽以下のものに成り下がっていたのだろうか。

花乃子が体内におぞましい毒を蓄えていることなんて知りもしない雄太は、花乃子の手をとって両手で包み、目を合わせた。

「花乃ちゃんもうすぐ会社辞めるじゃん。一回だけ、一回だけ他の子とやって、そんで心置きなく結婚したかったんだよ。花乃ちゃん、結婚しよう」

そんなプロポーズの仕方があるかよと瞬間的に頭が爆発しそうになったが、からだ中を駆け巡る怒りの中に、それでもプロポーズされたことに対する喜びが、わずかに、しかし無視できない割合で混ざっているのが悔しかった。不安定な身の上になる自分を、この男なりに支えようと考えてくれていたのだ。

　両手を包む雄太の手はじっとりと熱く、花乃子から体温をじわじわと吸い取っていく。

「じゃあ私もあんたの友達と一回やってもいい」

　そう問いかけると雄太は顔を歪め、手を握る力を強めた。

「勝手なこと言ってるのはわかってるんだけど、そんなの俺絶対やだよ……花乃ちゃんは俺以外の誰ともやんないでほしいよ……」

　いよいよめそめそと泣き始めた雄太が悲しめば悲しむほど、花乃子は愛おしくって苦しい。泣きたいのはこっちの方なんだよと思っていたら本当に涙が出てきた。

　ぐすぐすとみっともなく袖口で涙をふく雄太を眼前にして、花乃子は出会った頃のほとんど最初の記憶、女子たちと遠巻きに眺めていた、男子の輪の中心で笑い転げている十五歳の雄太の姿を思い返していた。

　こんなに近くで手を握られているのに、クラスの端から眺めていたあの頃よりもずっと遠い。

　雄太の浮気相手であるところの町田理沙は、大学進学後は疎遠になっていたが、高校時代に懇意にしていた女子のひとりだった。幼少期に父親の仕事の都合でブラジルに住んでいたという理沙は、確かに帰国子女っぽいさばけたところがあって、恋愛にも積極的だった。雄太と付き合い始める時や初めてのセックスの前後なんかには彼女によく相談していた。理沙にも雄太と同じ野球部の彼氏がいた時期もあったので、しばしばグループデートめいたことをしたものだった。

雄太と理沙が同じ大学の同じ学科に進むのを知った時、別に何とも思わなかった。雄太は、理沙のことをガツガツしていてちょっと苦手だと言っていたし、グループデートの最中も、常に彼女に対して腰が引けていたのだ。

不思議と、理沙に対する怒りは湧いてこなかった。あの子ならまあ、私の彼氏とも寝るだろうなと思った。そういう自分にはない非常識さや自己主張の強さは新鮮で、彼女が引き寄せる予想外のトラブルに巻き込まれながら理沙と遊ぶのは楽しかった。でももう二度と顔を合わせることはないだろう。

浮気発覚後数日は、食べられないし眠れなかった。職場で資料作成をしている時も、帰りの電車でウェブコミックを読んでいる時も、気づけば雄太の不貞について思い巡らせてしまっていた。どこのホテルでやったのか。どんな手順でことを進めたのか。ホテル代はどちらが支払ったのか。風俗じゃだめだったのか。

その思考を振り切ることができるのは漫画を描いている時だけだった。しかし、ひとたび手を止めてしまえば再び悪夢のような現実が脳内を侵食してきて、自分を取り戻すのにひどく時間がかかった。それだから、花乃子は描き続けるしかなかった。どうせ眠れないんだからとノンストップで作業を続け、弱った頭で仕上がった原稿を見直すと、自分の心境を反映したかのような線の荒さ・不安定さが目にあまり、結局ほとんどのページをボツにした。漫画を描きながら初めて泣いた。

窓の外には新聞配達のバイクのエンジン音が響いていた。少しでも寝なければとベッドに横たわるが、睡眠の兆しは一切訪れなかった。

こうして私の日常は阻害され続けるのだろうか。私が傷ついたり悩んだりするということに、雄太は少しも思い至らなかったのだろうか。気付かれないと思ったのだろうか。死ぬまで隠し通そうと思っていたのだろうか。

この十年間、花乃子は雄太のことを一心不乱にずっと愛し続けていたわけではなくて、もうやってらんないと思ったことも何度かあった。高校に入学して間もない頃、お互いのことをよく知らないまま付き合い始めた雄太と花乃子は、本質的に相性バッチリな運命の二人なんかではなく、恋愛のタイミングとか自分と周囲の気分みたいなのがたまたま合致した結果交際に発展した二つの個体に過ぎなかった。付き合っていく過程で自分たちが違う人間だっていう思いは増すばかりで、それでもそこには培ってきた情と気安さが確かにあり、嚙み合わないことにも慣れていった。花乃子にとって一緒にいていちばん安らぐのは雄太だけど、彼が好む野球もランニングもドライブも一切好きになれなかった。テレビの見方も聴く音楽も違った。

花乃子たちにとって、セックスは、そういう精神的な隔たりを感じさせないほとんど唯一の手段で、だからこそそればかりに溺れた時期もあった。それなのに、その唯一の手段であるセックスを奪われて、私たちは一体どうすればよかったのか。

大学に入学してお互い一人暮らしを始めたばかりの頃は、まだ頻繁にセックスしていたように思う。親の仕送りによってつくり出されたままごとみたいな自由が嬉しくて、昼と夜の切れ目なく、閉まりきってない蛇口の水みたいなセックスをだらだらとしていた。就寝前の腹筋みたいにヘルシーでルーティンなセックスもした。それが、だんだんと、少なくとも花乃子の目からは特にこれといったきっかけもなく、一週間、一ヶ月、二ヶ月と間隔はあいていった。一度だけ、最近全然しないよね、と軽い口調で言ってみたこともあった。すると雄太は笑って、「俺たちもうほとんどきょうだいみたいだもんね」と言ったのだ。

よくある話なのだろう。長く付き合っていれば家族みたいになるのもセックスが減るのも、自然なことなのだと思う。本当に問題視していたのなら、きちんと話し合えばよかったのかもしれない。ただ、議題にあげることによって、ついに二人の一大事になって、セックスが義務みたいになるのが恐ろしかったのだ。

もったいぶった方がいいのかなとか自分から求めた方がいいのかなとかいろいろ考えたけど、結局すべてが悪手で、浅い試みを実行するたびに自分がすり減るだけだったように思う。息継ぎをしようとすればするほど重たく沈んでいった。もったいぶれば雄太が焦れるかといえばそんなはずもなく、その分スキンシップが減るだけで結局焦れるのはこっちだった。自分から求めてセックスに持ち込んだ時は、成果に満足して、たやすいことじゃないかと幸せな気持ちで眠りにつけるのだけれども、その後またいくつも触れられない夜を越えて、やっぱり自分から持ちかけない限りはセックスが発生しないのだという事実に時間差で打ちのめされたし、自分から誘い続けることで、一度でも拒否されたらいよいよ立ち直れなくなるという予感の底知れない恐怖があった。

二回続けて自分からセックスを求めることをどうしようもなく屈辱的に感じてしまうのだった。勝手な言い分だというのは承知している。それでも、いつだって雄太の方から求めてほしいと願ってしまっていた。

会うたびにセックスしていた時分から遠ざかって久しいのに、雄太と会う時に生理中だと反射的に損した気持ちになった。結局セックスの気配すらないまま再び一人になって、不必要に損した気持ちになったことで損した気持ちになり、さらにセックスを損得で考えてしまっている自分を浅ましく感じて無限に気が滅入った。

セックスがないことが、取るに足らないことであると思える日と、どうにも許せない日とが予測不能な周期でやってきて花乃子を翻弄した。セックスしないくせに彼氏ヅラしてんじゃねえよと殴りかかりたい日もあれば、とはいえ仲良く楽しく過ごしてるしまあいいかと楽観的に思える日もあった。定まらない感情に振り回されるのに疲れた。セックスは二人の行為なのに、怯えて問題提起できないばっかりに、自分だけがひとりずもうで疲弊しているように思えた。

セックスレスという概念も、世界中で多くの人がそれで悩んでいるというのも知っていた。セックスレスの彼氏に浮気されるなどというのはよくある話にすぎないのだろう。でも私たちはまだ二十五歳だったのだ。

もう眠りにつくことは半ば諦めてスマホを起動させ「20代　セックスレス」で検索をかけてみれば、「20代夫婦ですがセックスレスです」「なんと、20代女性の4割がセックスレスに悩んでいる⁉」などといった見出しの検索結果がずらりと表示された。あくまでも自分の悲しみは既存の悲しみにすぎず、あるあるの範疇を出ないという事実に静かに打ちのめされる。クリックする気も失せたが、「20代男性・お互い初めての恋人ですが、セックスレスで悩んでいます。このまま結婚してもよいのでしょうか？」という匿名相談を発見したので内容を確認すると、質問者の性別以外はだいたい自分と同じような状況で、「まだ若いのにね。夫婦じゃあるまいし（笑）別れた方がいいのでは？」という刺殺みたいなコメントがトップについていた。

「夫婦じゃあるまいし（笑）」って。夫婦だったらまだよかった。私たちは夫婦ですらなくてもういっそきょうだいなのだ。夫婦にはセックスの可能性があってもきょうだいにはない。

じゃあ私のこの、誰にも触れられないまま朽ちていく綺麗なからだはいったいどうしたらいいというのだろう。

ブラウザを閉じてホーム画面に戻ると、ＬＩＮＥの未読を示す数字が見たことない数になっていた。雄太からのメッセージを目に入れないよう通知を切っていたせいで、友人たちからの連絡も見逃してしまっていた。未読がたまっていた澪・亜希・百合子との四人のトークルームを開く。花乃子の退職祝いの日程について話し合われていたが、花乃子が返信をしないせいでやりとりが止まっていた。希望日程を送信したあと、続けて「つか、雄太浮気してたんだけど（笑）」と文字入力欄に文章を作ってみる。送信ボタンのタップをためらって親指を所在なげに揺らしながら、管轄が違うんだよな、と思った。親友たちとは、バカ話で笑い転げていられればよくて、深刻な話をして慰められたり励まされたりするのは気が進まなかった。

この悲しみはよくある既存の悲しみだとしても、花乃子だけのものだった。一人で処理して一人で後悔しようと思った。三人に送りかけたメッセージを削除して代わりに再度ブラウザを開き、検索して最初に出てきたマッチングアプリをダウンロードした。とりあえず一回だけ、誰にも言わずに他の男とやってみようと思った。他の男とやってみることできっと何かが変わるはずで、何かが開けるはずだった。もしかしたら雄太も雄太ですり減っていて、他の女とやることで何かを打開しようとしたのだろうかとぼんやり思った。

ほどなくしてマッチングアプリのダウンロードが完了し、チュートリアルをこなして初期設定を登録していく。居住地や年齢などといった迷う必要がない項目は良かったが、プロフィール画像を登録する段階で詰まってしまった。適当なものがないか画像フォルダをスクロールしてみるも、そもそも最近の自分が一人で写っている写真というのがほとんどないのだった。ちょうど良いものが見つからずフォルダを遡っていくうちに、雄太とのツーショットや、雄太に撮ってもらった自分の写真がどんどん出てくるようになり、ふと画像の日付を確認すると軽く五年前とかでぞっとした。私たちは、いつから写真を撮り合わなくなったのだろう。以前の雄太は事あるごとに花乃子の写真を撮っていたから、年数を遡りさえすれば一人で写っている写真が数多くあった。フォトスポットでは必ず写真を撮ってくれたし、デートでも何でもない時でも、何かにつけて花乃ちゃんは可愛いね可愛いねと言ってたくさん写真を撮ってくれていた。ファミレスでテスト勉強している写真。雄太の家で昼寝している写真。クレープを持って破顔している写真。どれもこれも古すぎてプロフィール画像になんてとても設定できないものばかりだ。長く付き合っていても頻繁にセックスするカップルは写真もたくさん撮り合い続けるのだろうか？　指を滑らせてデータフォルダ内の時間をさらに遡っていくと、とうとう付き合いたての頃まで時は戻り、理沙たちとグループデートしている写真がいくつか出てきた。あどけないけれどもセックスにふけっていた頃の自分たちに、思わずじっと見入ってしまう。また思考が支配されそうになり、気を奮い立たせて最近の写真から無理やりプロフィール写真を設定した。

プロフィールの登録が完了すると、深夜だと言うのに次から次へと男性からの「いいね！」が届いた。表示される男性のプロフィール画面を右にスワイプするといいね！で、左スワイプだとスキップとなり、お互いにいいね！し合うとマッチングが成立してメッセージのやりとりが可能になる。訳もわからずいいね！とスキップを繰り返していると、雄太から新たに「まだ怒ってる？　もう一回落ち着いて話したい」というＬＩＮＥを受信した。瞬間的に頭に血が上り、「別れよ」と送信してブロックした。

　別れるんだろうか、私は雄太と？　そんなことが可能なのだろうか。もうメッセージが届くことのない二人のトークルームを見つめて考える。「別れよ」と送ってはみたが、それは全く現実味のないことのように思えた。

　もしかしたらこの男と一生一緒にいることになるのかもしれないと思うようになったのはいつ頃からだっただろうか。それはある種の諦めに似た予感ではあった。些細なことがきっかけで口論になったとしても、雄太は自ら下手《したて》に出たり、すぐに笑って機嫌をなおしたりすることができる男だった。花乃子は突発的に苛立つことはあっても怒り続ける根気は持ち合わせておらず、雄太がニコニコしていればまあどうでもいいっかと思うようになり、結局諍いはなあなあになった。

　それでも意地を張ってふくれていると、雄太はたいてい「ちょっと走ってくるわ」と言って小一時間ランニングして来て、帰りにハーゲンダッツのアイスを買ってきてくれるのだった。一時間という冷却時間とハーゲンダッツで許せないほどの怒りなんてかつてなかった。

　一度、走ってる時って何考えてるの？　と聞いてみたことがあった。「別に何も考えてないよ？」と雄太は言った。そんなわけないじゃんと食い下がっても、雄太は「いや、ほんとーに何も考えてないんだよなあ……。ランニングってなんにも考えなくていいからこそ気持ちいいみたいなとこあるし」と言った。長距離走の類が大嫌いな花乃子は、マラソンの授業の時などは頭の中でどうにかして気を紛らわそうと一生懸命で、残りの距離をひたすら分数で計算してみたり、好きな曲の歌詞を諳《そら》んじてみたり、靴下の穴が広がりきったらいったいどうなるかとか死ぬほど下らないことを考えてみたりしていたから、雄太が特に何も考えずに走っているというのを知って、あーこの人は本当に自分と全く別の生き物なんだなあと思ったのだった。花乃子にとってこの回答は結構衝撃だったのでしばしば思い返すのだが、その度に、私とのセックスは「なんにも考えなくていいから気持ちいいもの」にはなりえないのかよと苛立つことになった。

睡眠不足のからだに太陽のうららかな光を浴びると、浄化されてこのまま消えることができるんじゃないかと思えた。職場から少し離れた公園のベンチに座り、いっそ消えて〜なと思いながらもそもそとカロリーメイトを頬張る。社内には小洒落た休憩スペースもあるのだが、やたらと当たりのきつい女性の先輩がいつ現れるとも知れないので、天気の良い日は極力外に出ることにしていた。周囲を見渡すと、同じようにぼっちランチを満喫している同志が何人かおり、中にはぼんやりと顔を覚えている人もいた。今月いっぱいで退職するのでもうあと数回しか来ることはないんだなと思いはすれど、何の感慨も湧かなかった。

カロリーメイトを左手にスマホを右手に、マッチングアプリで次から次へと表示される男たちのプロフィールをざっと読んではスワイプを繰り返していた。男たちはどいつもこいつも判を押したように「サッカーが好き」コミュニティに入っているから好きでも嫌いでもなかったサッカーにだんだん腹が立ってきた。なんとなくムカつくからという理由でサッカーが好きコミュニティと野球が好きコミュニティとついでに海が好きコミュニティに入っている男を無条件で左スワイプしていたら手持ちのカードがなくなってきたので適当なところで右スワイプしていいね！もつけた。

太陽の下、親指ひとつで男たちを仕分けていたら、喫煙所の方からだるそうに歩いてくる見知ったシルエットの男が目に入った。速やかにこの場を去るのは無理そうだったので俯いて話しかけんなよオーラを出すも通用せず、「あれ〜かのっちゃんじゃ〜ん」とあっさり声をかけられた。

図々しく隣に腰を下ろした矢辺《やべ》さんは営業部のエース的存在で、直接業務で関わることは少なかったがデスクが近く、入社時からよく雑なコミュニケーションを仕掛けられていた。

「かのっちゃん、祝脱出の日も近いっていうのに最近機嫌わるいくない？　多い日？」

「違います」

彼氏とケンカでもしたー？　と聞かれて、否定すればいいのに口ごもってしまい「わかりやすー」と笑われた。

「まだ二十五歳でしょ？　もっと色んな男知っといた方がいいよー。失うことで学ぶんだよ人はー。別れりゃーいいじゃん別れりゃー。男なんて星の数ほどいるんだからさあ」

「星の数ねえ……」

男は星の数ほどいるかもしれないが、居住地年齢が近くその他いいね！できる程度の条件の男となるといったいどのくらい存在するのだろう。

花乃子をそそのかす矢辺さんは遊び相手に不自由していないことを誇りに思っているようで、こないだホテル行った女の子が〜とか飲み会でよくくっちゃべっていた。その自由さを軽蔑しながらも、花乃子は薄く羨ましがっていたのだった。

「矢辺さんって、どこでそんな女の子と知り合うんですか」

「合コンとかー友達の友達とかーあと気が乗ったらフッーにナンパもするよ」

「えっ、ナンパって成功することあるんですか？」

「けっこーいけるよ」

「なんて声かけるんですか？」

「これから何するんすかー？　とか適当に聞いてー、話が盛り上がったらとどめに『ところで俺セックス超うまいよ〜』って言う」

ストレートすぎない⁉　と吹き出しながら、思わず心でいいね！してしまった。下手よりは上手い方がいいに決まっている。

「ストレートだからうまくいくんだって！　これ鉄板！　真似してもいいよ」

「真似しませんよ！」

「あと最近気づいたんだけど、リクルートスーツ着てる女の子は意外とやれるね。就活生ってだいたい弱ってるから」

　矢辺さんは、花乃子が物欲しそうにしたことに気付いているようだった。「彼氏となんで喧嘩しちゃったの？」と尋ねる声が、先ほどより心なしかねっとりとしている。動悸が速まる。矢辺さんは軽薄だけど顔は悪くないし優しいとこもあって、たとえば重いものを運ぼうとしているところを見れば、ちょっとちょっと女の子なんだからーって駆け寄ってきてくれたり髪型を変えれば気軽にカワイイねーとか言ってくれたりする。花乃子が特別扱いされているわけではなく年配の女性にも同じような対応をするので、彼は花乃子をいびっている例の先輩にもばっちり好かれていた。何より、セックスがうまいっていうのは果たして本当なのだろうか。一体どういう判断基準で？　優しいけど人が良いわけではない矢辺さんは、適度に乱暴にしてくれそうでいいなと思う。花乃子と雄太の間でセックスの頻度や内容について話し合うなどということはめったになかったが、ずいぶん前に一度だけ、「どういうふうにされたいとかある？」と聞かれ、その時に思い切って「ちょっと強引めに、っていうか無理やりされてみたいかも」と勇気を出して申し出たことがあった。するすると雄太は、眉を下げて「無理やりなんてかわいそうでできない……」と言ったのだった。言うんじゃなかったと後悔したのと同時に、この人のこういう掛け値なしに優しいところが好きだなと思った。その点、女を弱い者として扱うのが大好きな矢辺さんは、良心の呵責に苛まれることなく力で押さえつけてくれそうだった。想像してにわかに身震いする。どうせこの職場はじきに辞めて、一切が無関係になる。辞めた後に矢辺さんがここだけの話、俺かのっちゃんとやったんだよねーとか飲み会で吹聴するかもしれないがそんなの大した問題ではないのだ。

「いやわりとマジで、他の男も試してみた方がいいと思うよー。やり方って人によって全然違うからさあ」

彼は少し間を空けて座ってはいるが、足を広げているのであたるかあたらないかの位置にお互いのつま先があった。顔に熱が集まるのを感じる。この男をどちらに仕分けるか、今この場で決めなければならない。

「俺、女の子のへそのにおい好きなんだよねー」

「や、矢辺さんって学生時代何部でした?」

彼の語尾に被せるように発した声は不自然に早口になってしまった。

「部活?　中高ずっとサッカー部だったけど」

その回答を聞いた瞬間、こわばっていたからだがほぐれ、やっと矢辺さんと目を合わせることができた。いきなりどうした?　と笑う彼の歯は喫煙者特有の汚れ方をしていて、心置きなく左スワイプできた。

気づけば雄太に一方的に別れのメッセージを送った夜から一週間が経っていた。

早ければその日のうちにでも、家に押しかけてくるなりなんなりしてコンタクトを取ってくると思っていた。一週間も放っておかれたのは予想外だった。どこか現実味に欠けていた雄太の不在と不貞は、時間の経過とともに花乃子の中でじわじわと大きくなっていき、夜を越えるたびに重みを増してこれは現実なんだと思い知らされていくようだった。時間が解決するとよく言うが、あれは嘘だと思った。時間がいちばん花乃子を苛んだ。まるで自分の意思では抗えない眠気の襲来のように、雄太が他の女と寝たという事実は時と場所を選ばず花乃子を暗く襲った。早くどうでもよくなって楽になりたいと思う一方で、どうでもよくなることで訪れる本当の終わりを恐れる気持ちもあった。

駅で人を待ちながらＬＩＮＥを開き、雄太に最後に送った「別れよ」というメッセージを眺める。こちらからブロックしているのだから当然だが、それ以降の連絡はない。親指をほんの一秒動かして打ち込んだこの三文字で、二人の十年は終わってしまったというのか。後悔とはまた違う感情だった。ただ不思議だった。花乃子の青春にはすべて雄太がいたのだ。

待ち合わせ場所に現れたいくと（29）は、マッチングアプリに登録している写真の印象より良いなと思える部分とそうでない部分とがそれぞれ少しずつあり、そのぎりぎり勝ち越しくらいの第一印象にリアリティがあって何だか安心した。

いくとは、プロフィール文に「真剣に交際相手を探している方はごめんなさい」と明記しており、こちらも恋人を探しているわけじゃないので話が早いと思いいいね！を返した。つまりこの男は遊び相手を探しているわけだが、細身で色が白く、背丈も花乃子とそう変わらない彼には、性欲の兆しというかある種のエネルギッシュさのようなものがほとんど感じられなかった。ただ、体格に比して手のサイズが大きめでゴツゴツとしている点については妙に性的に感じられた。

いくとが提案したのは、ガレットが有名な神楽坂のカフェレストランでのランチデートだった。以前ほかの女と来た店に違いないと思うがそれがむしろ好ましかった。雄太はガレットという食べ物を知らない可能性すらある。

彼とは事前に多くのメッセージをやりとりしていたということもあり、初対面なのに自分でも驚くほど心地よく会話ができた。これまで雄太に日常的に送っていた何てことないメッセージ、おはようとか昼寝しすぎちゃったとか、この漫画がおもしろかったとかそういうのを、代わりにいくとに送るようになっていた。取るに足らない日常を一人で処理しているとすべてが曖昧になっていく中で、ほんの一部でもいくとと共有することで、花乃子のぼやけた日常は輪郭を取り戻していった。いくとは、冗談めかした言い回しがうまいのに軽薄ではなく、言葉に不思議な説得力があった。彼のことをもっと知りたいと思った。休日の過ごし方や仕事の話なんかじゃわからない部分を生で見たかった。

お互いが大方食べ終わった頃、花乃子はマッチングアプリを始めた経緯をいくとに順を追って説明した。セックスレスについて人に話すのはこれが初めてだった。雄太のことを知らない人間に向けて言葉にすることで、自分が今の状況について感じている怒りや保ちたい体面などがクリアーになっていくように思えた。

「よくある話ですよね。長く付き合ってる彼氏とセックスレスの上浮気されるって」

「わかります、よくある話っていうのがいちばん辛いですよね、結局。僕も四年付き合った彼女と一年くらい前に別れたんだけど、マジできつかったなー」

「いくとさんは、その長く付き合った彼女さんとどうして別れたんですか？」

「どうして、かー」

いくとは、何かを考えるように目線を外し、自分の手の指をマッサージするように刺激した。指を圧迫することで適切な言葉を押し出そうとしているかのようだった。花乃子はその指先から目が離せなかった。

「いろんなことが積み重なった結果ではあったんだけど……お互い仕事が忙しくなったりして、すれ違いってことになるのかな、要は」

よくある話だよね？　という言葉とともにつくられた笑顔には傷ついた余韻があるように思えた。今になってなお、別れた理由を即答できない段階にあるこの男と、慰め合いたいと強く思った。

食後のコーヒーを飲み終え、また会いましょうと言い合って解散した。ボディスクラブとミルクで念入りにすべらかにした肌も、手持ちの中でいちばん上等な下着もひとまず用をなさなかったが、男性向けの初デート指南の記事に、いきなり夜の時間帯に会うのは警戒されるおそれがあるためまずは落ち着いた雰囲気の店のランチに誘うのがベターと書いてあったのを事前に読んでいたので、きちんと段階を踏んでもらっているということに満足感があった。

いくとと別れたあと、速やかにお礼の連絡をした。その日のうちに返事がなかったので翌朝も「おはようございます」とメッセージを入れたが、さらに数日経っても返事が来なかった。原稿中も気がそぞろになって数分おきにアプリを確認しても音沙汰はなく、いよいよ焦れて「お仕事忙しいんですか？」といやに既視感のあるメッセージを送ろうとしたところで、ようやく自分がスキップされたのだということに思い至った。花乃子がこれまで連絡を無視した男たちからよく届いていた安否確認のメッセージと全く同じ文面を、今まさに自分が送ろうとしていたのだ。

マジかー。体から力が抜けていき、背もたれにずるずるとからだを預けた。

食えよ。据え膳だっただろーがよ。

女性ユーザーはこのマッチングアプリを無料で利用できる一方で、男性は月額3980円を支払う必要があった。その非対称性の前提から、自分が優位な立場におかれており、選ぶ側だと勘違いしてしまっていた。私じゃ元は取れないっていうのか？

好意を持った異性に相手にされないなんてのもよくある話、マッチングアプリなんてトライアンドエラー、わかってはいるのだ。これまでさんざん親指ひとつで実行してきた左スワイプを自分がされただけで落ち込むなんてばかばかしい、と自分に言い聞かす。しかし、いくととは初アポまでに多くのメッセージを交わしており、少なからず彼の労力が割《さ》かれていたのは間違いなかった。それでも直接会ってスキップされたということは、生身の花乃子のどこかが決定的に意に沿わなかったということで、それならせめて書類選考で不合格にするかやり捨てしてほしかったとすら思ってしまう。吟味した上で落とすな！

　こんなにもきれいなからだなのに。

　誰にも触れられることのない花乃子のからだは、ずっしりと重みを持ってワーキングチェアに沈みこんでいた。あー、ちょっとこれ、起き上がれないな、と思う。起き上がるために必要な筋肉と神経が一斉に消灯したみたいだった。時刻はまだ午後八時で、原稿の進捗を思うと少なくとも日付が変わるまでは集中して作業するべきだった。それでも、今はただ眠りたいと思った。こうするべきも、こうした方が良いも、すべて疎ましくて遠ざけたかった。よろよろと立ち上がり、ベッドに体を沈めた。眠れるなら、今はただ眠ろう。花乃子にとって、なんにも考えなくていいから気持ちいいことっていうのは睡眠のほかにひとつもないように思えた。

　部屋に響くインターホンの音が花乃子をこじ開けようとする。反射的に時計を確認すると十一時を過ぎていて、結構眠ったんだなと覚醒しきっていない頭で思う。再び目を閉じればたちまち遠ざかっていく意識の中で、玄関のドアが開錠される音に続いて、荒い息遣いと遠慮がちな足音が聞こえた。

「……寝てる？」

　ゆっくりと目を開けると、肩で息をしている雄太が花乃子を見下ろしていた。頬から顎にかけて汗がつたい、首筋は濡れて光っている。

「……何でそんな汗かいてんの」

「走ってたから、三、四時間くらい？　ずっと」

「何でそんな走ってんの」

「花乃ちゃんと話したくて、ずっと」

「意味わかんない」

「ごめん」

「遅いし」

「ごめん」

　緩慢に上体を起こしてベッドに腰かける姿勢になると、雄太も花乃子に寄り添うように隣に座った。

「花なんて飾ってるの珍しいね」

　雄太がテーブルの上を見やって言った。先日職場でささやかな送別会が開かれ、花乃子をさんざんいびった先輩がさも名残惜しそうに小さいブーケをくれたのだった。こういう鈍感さで彼女の世界は回っているのだと思った。花を飾る習慣がない花乃子は花瓶など持っておらず途方にくれて、ひとまず冷蔵庫に入っていた牛乳を無理やり飲み干し、空になった牛乳パックを花瓶代わりにした。そういう細々したどうでもいいことを、雄太が浮気なんかしなければ逐一報告していたはずだった。

雄太は、ふう、と大きく一息つくと、花乃子の手を両手で包み、顔を覗き込んで熱っぽい目をこちらに向けた。まつ毛が汗に濡れて束になっている。

「俺、やっぱり花乃ちゃんと結婚したいよ。悪いとこあったら全部なおすから」

「ずいぶん長いことランニングしてたんだね」

「え？」

「アイス買ってきてないの」

「え、ごめん、食べたかった？」

「いらないけど別に。私はさあ、雄太に一生宝物扱いしてほしかったんだよ」

「宝物と思ってるよ、ずっと」

「知ってる。でも宝物扱いはしてくれてなかったよ」

「ごめん」

「私とはしないくせにさあ、他の子とはセックスするじゃん」

「ごめん」

「私とはしないくせにさあ」

「ごめん、でも、花乃ちゃんとはそういうことしなくてもずっと楽しくいられると思えたから……」

だからやっぱり花乃ちゃんと結婚したいよ、と泣きだしそうな顔で甘く囁かれ、こめかみを張り倒されたかのような気持ちになった。二人の間には、紛れもなく深い断絶があった。いつから私たちの見ているものは違っちゃっていたかなあ。

「私たちさあ、ずっと食いちがっちゃってるよね」

「ずっと？」

「ずっとだよ」

「ずっと仲良くやってきたじゃん、俺たち。これからもずっと一緒にいようよ」

　雄太は花乃子を、逃げ出す余地がじゅうぶんあるくらいの強さで抱きしめた。花乃子は雄太のウィンドブレーカーの生地に頬を押し付けて、嗅ぎ慣れた体臭の中でされるがままになっていた。六畳のちっぽけな部屋で自分を包む弱い力に、なんだかどこにも行けないんだなと思った。どうにも心もとなく感じて、手を回して背中のあたりの生地をぎゅっと摑んだ。雄太は自信を持ったように腕の力を強めて後頭部を優しく撫でたあと、いったん体を離して目を合わせ、愛してる、と言って口付けた。粘膜の触れ合う音が小さく響く。まあなんて感動的なんでしょう、と冷めた頭で思う。舌を絡め合わせながら雄太は花乃子を丁寧に横たえて、トップスの裾に手をかけた。素肌に触れられてびくりと反応してしまう。なだめすかすように雄太の手が腹をなでる。どうやらこのまま私たちは、仲直りセックスみたいなありふれたダサいことをするらしい。正気か？　私はセックスのないことに焦れて、よその女とセックスされたことに怒って、結局セックスで仲直りするっていうのか？

　それでも花乃子の体は単純で、久しぶりの行為の予感にすっかり期待してしまっている。

ずいぶん私はセックスに支配されているんだなあ。行為それ自体ではなく、セックスという概念に振り回され続けているのは何でだ。

　一度だけ他の男とやってみようと決意した時の、あの束の間の自由な気持ちがもう懐かしい。今日までに一回でも誰かとセックスできていたら何か変わったかな。他の女とセックスした雄太は何か変わったのかな。下から見上げる雄太はいつもとおんなじに見えるけど、中身はこれまでと違う雄太なのかな。それとも何も変わらなかったからまた私を抱くのかな。このセックスで私たちの隔たりは少しでも埋まるのかな。その隔たりは、セックスじゃないと埋められないものなのかな?

　一から十まで説明してほしかった。私がなんにも考えずに気持ちよく眠っていた三時間、走りながら雄太は何を考えていた?　やっぱりなんにも考えなかった?　いまは?　欲情しているのか、愛情を示そうとしているのか、一体どういう心の動きで私とセックスしようとしているのかちゃんと言葉にして教えてほしいよ。

　別に私、セックスが超好きなわけじゃない。したくてしたくてたまらないなんてことはないし、かといって嫌いなわけでもない。それなのに、セックスが私をいちばん振り回すし、私をいちばんしょうもない女にする。セックスについてこんなにもたくさんのことを考えているのに、言葉にしようとするとそのぶんセックスが遠ざかっていくような気がして何も言えない。

　セックスって、そんなに大きくて力を持っているものなのかなあ。旅行先で見た景色がきれいだったこととか、部屋着のまま深夜に二人でコンビニ行くこととかじゃ太刀打ちできないくらい強力なものなのかな。

雄太が慣れ親しんだやり方でからだを触る。ああ、知っている体温だ、と思う。セックスが、なんにも考えなくていい気持ちのいいことだった時代は、二人の間にも確かにあった。でもそれは二人の手から離れてもうずっと遠くに行ってしまっていた。触れられて高ぶりを感じる一方で、次に体を重ねる時までに越えなければいけない夜の数の果てしなさを思って打ちひしがれてしまう。視界の端に、牛乳パックの中でだらりと咲いている名前も知らない花々が映った。ピンク色の花びらのふちが茶色くなりかけている。そこかしこに口付けられながら、高校生の時に親の目を盗んでした実家でのセックスや、一人暮らしの部屋でのだらしないセックスのひとつひとつが次々に脳裏に蘇っていた。二人で体を重ねてきたたくさんの時間、そして体を重ねずに、それでも寄り添って眠ったたくさんの夜が、いっぺんに花乃子に降りかかっていた。その中には、セックスが失われていって、もういっそ押し倒して無理やりやってやろうかと思ったやりきれない夜もあった。その度に、無理やりなんてかわいそうでできないと言った雄太の、叱られた犬のような眉の下がり、まつ毛の揺れがゆっくりと思い起こされて、花乃子を何度でも無力にするのだった。

雄太が正常位で挿入しながら上体を起こし、あられもない格好に開かれている花乃子の足の間に手をやって慈しむように撫でながら、「ねえ、こんなとこ、俺以外の誰にも見せないでね。この先一生、俺だけにしか見せないでね」と勝手なことを言った。その撫で方は思いのほかしつこく、一瞬頭がまっしろになる。その思考を許さない快感の走りのせいで、遠ざかってしまった、なんにも考えずに気持ちいいセックスをしていた頃の二人を取り戻せるかもしれないという淡い期待がよぎってしまって、そんなことを考えてしまった自分が浅ましくて情けない。私たちは、もしかしたら、もうとっくに高ぶりなどなくてもよくて、足と足とがそっと触れ合ってさえいればよくて、そこにはきっと何の変哲もない、切実でありふれた大切があるのかもしれない。それは悲しいことではなく、自然なことなのかもしれない、あるいは幸せとすら言えるのかもしれない、ほかの誰かが欲しがっているものなのかもしれない。

でもそれが一体何だって言うんだろう。

この男をスキップできたら、私は今度こそ、越えなければいけない幾多の長い夜から解放されるのだろうか。花乃子に覆いかぶさっている雄太の頬にそっと手を添え、親指でゆっくり左に肌をなぞった。

# 勝手に踊るな！

行きつけのラブホとは打って変わって簡素なアパホテルの一室で、亜希は十日間に渡る滞在の最後の夜を迎えていた。

新型コロナウイルス陽性の診断を受けてすぐにホテル療養の許可が下りたのは運がよかった。高校時代からの女友達四人で暮らすシェアハウスにいたままでは、どんなに気をつけたとしても家庭内感染は免れない。

持ち込んでいたノートパソコンでＺｏｏｍを繋ぎ、画面越しではあるが同居人たちと久々に顔を合わせる。

調子どう？　後遺症は平気？　などという挨拶もそこそこに、「早速ですが画面共有させていただきます」と断って、「当シェアハウスにおける新メンバー加入に関するご提案」と題したパワポ資料を画面に表示させた。

三人がそれぞれどよめくが全員半笑いなので、おそらくペットか何かを飼う提案だと思われている。花乃子などは口のかたちで明確に「はりねずみ」と数回繰り返した。

画面中央に「ご報告」と大きく記載したスライドを表示させ、「まずご報告となりますが、この度、私、妊娠いたしました」と宣言すると、全員たちまちにやつきを引っ込めた。

「かねてより私はいつか子どもを持ちたいと思っていましたが、出産を見据えて複数の男性と交際を重ねていくうちに、私にとって恋愛と結婚と出産とは地続きのものではなく、それぞれが離れ小島のように遠くかけ離れているということに気づきました」

もっとラフに話そうと思っていたのにパワポを扱っていると自然とビジネスライクになってしまう。各種フリー素材サイトを駆使して作成したスライドで「恋愛と結婚と出産がひとつの矢印上にある女性のライフイメージ（いらすとやの女性のイラスト入り）」と「恋愛と結婚と出産がちりぢりになっている自分のライフイメージ（自分の顔写真入り）」を図示する。矢印がみょーんと伸びていく陳腐なアニメーションに、誰かの失笑がイヤホン越しに耳に届いた。

「端的に言えば、子どもはほしいけど夫はほしくないと強く思った。そこで私は友人の男性に精子の提供を依頼し、シリンジ法を複数回試みた結果、晴れて妊娠に至りました」

シリンジ法とは、シリンジという針のついていない注射器のような器具に入れた精液を膣に注入することで受精を試みる、セックスを伴わない妊活方法のことだ。

パソコン上部の内蔵カメラに意識的に視線を合わせる。カメラオンを示す緑色のランプをじっと見つめた。

「私はできることなら、四人で暮らしているこの家で子どもを育てたいと思っています。そして、あなたたちにも、子どもの親になってほしい」

一呼吸おき、誰も口を挟まないのを確認して先を続ける。

「今の私には、経済的にも精神的にもシンママとして子どもを育て上げる自信がありません。そもそも令和のこのヘル東京で子どもを育てるのはたとえ夫がいたとしてもかなり無理ゲーと思っています。でも四人だったらどうかな？　四人で親の役割を分け合えばどうにか無理なく子どもを育てられるのではないでしょうか」

　エンターキーを押してスライドを進める。コロナ罹患者しか滞在していないこの建物はひどく静かで、打鍵音が鮮明に響く。

「学生支援機構が発表した資料によると、教育費を除いた子どもの養育に係る費用はだいたい年間百万円程度です。単純計算、百万を四人で割ると二十五万円、さらにそれを月割にすると一人二万強になります」

　四人で割る、と口に出した瞬間、右上の小さいワイプの中で澪が思いっきり眉をひそめたのが目に入った。

「要するに、月々二万、みんなにクラウドファンディングとして子育てに出資してほしい。リターンは、結婚・出産抜きにして四分の一だけ親になり子どもをもつ人生。あとはもちろん、あなたたちの誰かが今後この家で出産するとしたら私も同じように親となって資金提供するし、子育てにフルコミットします」

☆

冴えない職場から冴えない職場に転職してしまった。排泄ついでにトイレでインスタを見ながら細く長くため息をつく。悪くない職場だと思ったのだ、最初は。

ＯＡ機器販売会社の営業事務から人材紹介会社の同職種に転職して半年近く経ったが、いまだに毎日新鮮にハマってねえなと思う。入社当初は、新卒の時と比べて自分もだいぶ図々しくなったことだし新しい職場にもそのうち慣れてやりやすくなるだろうと希望を持っていたが、どうやらそうでもないらしいとじきに気づいた。この居心地の悪さに慣れる日など未来永劫訪れず、小さい「我慢ならない」がただ蓄積していくのみで、いつか爆発して本当にダメになるのだろう。

ペアを組んでいる営業担当の男に一人暮らしかと尋ねられ、女友達と四人でルームシェアをしていると答えると、大袈裟に驚かれたあとに年齢を聞かれ二十九だと言ったら考え込むようなジェスチャーののち笑顔で親指を立て「大丈夫大丈夫、あと五年もすれば離婚ラッシュくるから！」と言われた。その一連の流れを反芻し、キモい。とだけ思う。

件《くだん》の同居人たちは亜希以外三人とも在宅勤務で、今頃ひとつ屋根の下でそれぞれ業務に励んだり適当にサボったりしている筈だった。亜希の会社もCOVID-19が流行り出した頃はリモートワークが適用されていたが、一時的に感染者数が落ち着いたタイミングで早々に打ち切られた。慣れない勤務形態に不自由なことも多々あったけれど、出社時と比べて圧倒的にリラックスできていたあの夢のような束の間の日々が懐かしい。

花乃子は漫画家なのでそもそも出勤という概念がないが、澪と百合子の勤務先は程度の差こそあれ今後もリモートワークが定着する見込みらしく、いちばん所得の低い自分のみが出勤を強いられている事実が心から情けない。下手したら百合子なんて自分の倍近く稼いでいるし澪は順調に昇進して上司からの信頼も厚いらしいし花乃子には全国にファンがいる。特別な資格もなければ何かを売り込むのも嫌で何かを創り出すこともできずそれでいて絶対に定時で帰りたい自分が大して稼げないのなんて至極当然のことなのに同居人たちとの仕事の充実度やちょっとした金銭感覚の違いに自分でも気づくか気づかないかのレベルで少しずつ削れていく。すっかりリモートワークに慣れた澪が「もう毎日出勤してたあの頃には絶対戻れない。もし今後週五出社必須とか言われたらマジで転職考えるかも。リモートワークって年収で言うと二百万分くらいの価値あると思うわ」としみじみ言っていて、ただでさえ年収格差があるのに自分はさらに二百万分劣悪な待遇で働いているのかよと泣きたくなった。

ゆっくりめにデスクに戻って、今後まだ修正が生じる見込みだからまだ手をつけなくていい書類のデータを念入りに点検するふりをして定時までやり過ごすことにする。マウスに手を置いて無意味にスクロールしながら、子どもがほしいな、とじんわりと思う。画面に焦点は合わせないまま、トイレで開いていたインスタグラムの投稿を脳内で反芻する。もうとっくに疎遠になった友人たちがやれ生後１００日記念日だ運動会だなどとこぞって子どもの写真や動画をアップしているのを見るたび誇張じゃなく泣けてくるのだ。

子どもがほしい。仕事のイケてなさに比例して子どもがほしくなる。もともといつかはほしいと思っていたけれどその漠然が日に日に具体性を帯びている。この仕事の数少ない長所は業務量が多くないところ、要するにヒマなところで、めったに残業は発生しないけれどもそのぶん体感時間が長い。子どものことや仕事への不満をぐるぐると考える余白の時間ばかりがたっぷりとあり、こんなこと考える暇もない程度に忙しければもっと健やかでいられたのかもしれないと思う。

声高に二人目の妊活を宣言したゆうかがその舌の根も乾かぬうちにビールを飲み干したので妊活中の飲酒ってアリなんだっけ？　と聞けばデンマークの学者が週十四杯までなら妊娠のしやすさに影響がないという研究結果を発表していたらしい。

夫に子どもの世話を頼んだから久しぶりに飲も〜というゼミ同期のゆうかの声かけで集まった恵比寿のイタリアンは、こぢんまりした店内なのにずいぶんゆったりテーブル席をとってあるので居心地はいいけど採算大丈夫かと心配になってしまう。ソーシャルディスタンス慣れしたせいか単純に大人になったせいか、いつのまにかぎゅうぎゅうした居酒屋がすっかり無理になった。トリキの四人席に五人座ったりとか、ちょっと前まで全然へーキだったけどもう嫌だな。

「え〜排卵日狙ってセックスすんのってどんな感じ？」

と笑顔で尋ねるごっちゃんこと吾郎《ごろう》は学生時代は女性と付き合っていたような気もするが今は愛しい愛しい男性のパートナーがいるのだという。

「妊活界隈ではセックスとは言わない。タイミング法という」

あるいは〝仲良し〟、と言いながら両手でピースサインを曲げ伸ばしてダブルクォーテーションマークのジェスチャーをして見せたゆうかに、何言ってんだセックスはセックスだろ！　とヤジを飛ばす。

「どんな感じも何も、義務的なセックスが燃えるわけないよね。そもそもご存じですか？タイミング法で妊活するには排卵日前々日から当日までの三日間連続でセックスするのがベストと言われているんですよそんなもん可能かこのすり減るばかりの現代社会において？　みなさん人生で最長何日間連続でセックスしたことあります⁉　それも自分の意思とは無関係に決まっている特定の三日間にこなさなければいけないセックスがどんなに難儀かわかりますか？　ましてやセックスをとっくに引退して現役でない我々がですよ、そんなもんもう限りなく不可能なんですよ」

ウグイス嬢のバイトをしていたこともあるゆうかは滑舌が異様に良く、早口で捲《まく》し立てられるとそれだけでちょっと面白くてずるい。滑舌も一芸。

「セックス引退してるのかよ。うちらまだギリ二十代だよ。現役であれよ。ゆうか、森田と結婚する時、セックスレス即離婚！　て公約みたいに言ってたじゃん！」

「あ〜そんなことも言ってたね〜」

あの頃は若かった、とでも言いたげなゆうかは原価と糖質の高そうなマスカットのサラダを恭しく口に運ぶ。ゆうかの夫の森田はわれわれが所属していたゼミの一期下の後輩で、小柄なゆうかとは反対の、体格がよく口数が少ない男だった。

「なんか私ね、新婚当初はセックスレスを過剰に恐れていたんだけどね、なんというか長い付き合いにおいてセックスが減っていくことはもはや免れないというか自然なことであって、別に必ずしも悲しいことでもないなと思ったのよ。今でも子どもが早く寝た時とか、なんとなくセックスすることもあるんだけど、もうそんな、お互い思い通りに勃たないし濡れないわけ。でもそれでも別に日に日に仲はいいし、くっついて寝るのは好きだからそれでじゅうぶんだなーって、ほんと心の底から思うようになったのよね」

「でもそれはさ、性欲減退の頃合いが一致したからだよね。もし自分が性欲盛り上がってる時にレスられたらほんと殺したくなっちゃうと思うし全然離婚あるよ。ゆうかちゃんのはさーレスの愚痴に見せかけた惚気《のろけ》じゃん」

　憎々しげにごっちゃんが言い、そうかもね、とゆうかはビールをおかわりし、リミットまであと十二杯になる。

「付き合い始めた頃からね、森田とは特別セックスの相性がいいわけじゃないけど、セックスの頻度とタイミングは合うなーって思ってたの。あれから七年？　八年？　たって結局性欲が減退していくタイミングもちょうど合ってたからあの時の直感は正しかったんだなと思う」

　そんなもんかねえ、と亜希は曖昧に相槌を打ったが、ごっちゃんは「へえ。じゃあ仲良く性欲減退してるお二人さんは妊活どうすんの？　人工授精でもすんの？」と前のめりだ。

「それはまた次のステップ。今はまずシリンジ法でいけるとこまでいこうと思って」

シリンジ法というワードにごっちゃんは「あ～ね」と納得した風である一方でピンとこなかった亜希はその場でググって要領を得た。「今こそホーム妊活」と謳われたキャッチコピーにややウケてしまう。「あらかじめ採取した精子を自分で注入すんの？　へ～なんか未来じゃん（笑）いやむしろ原始的か？　すごーいおもしろ～」とか言いながらAmazonで一番人気のシリンジキットをタップするとその商品は☆4・3かつカスタマーレビューが六百ついており思わず二度見する。物珍しげにスクロールする亜希にごっちゃんは「ビアンのカップルなんかもよく使う手段だよ。知り合いのゲイに精子提供してもらったりして」と言う。

「ひとまず性愛と生殖を明確に分離することにしたわけ、うちは。お互いの精神の健康のために。それでうまくいかなかったら、それこそ人工授精とか、次の手段をまた考えるよ」

残り十一杯になったゆうかは自分の話ばかりしすぎたと思ったのか、「亜希は相変わらず女四人でルームシェア？　いいねー。YouTubeでも始めんの？」と雑に話を振ってきたので「いやーでも私も最近無性に子どもほしいんだよね。夫はいらないけど」と返すと、ははっ、と乾いた笑いで流された。高校生の戯言《ざれごと》みたいに思われた気がして不服に思うけど、突っ込んで聞かれても面倒なので別にいい。えー俺は子どももほしいし夫もほしい！とごっちゃんが無邪気っぽく言って場を和ませた。

べろべろのゆうかをJRのホームまで送り届け、しがみつくように組まれていた腕が解《ほど》けきる間際、「子育て、夫いたってきついよー」と耳元で言われた。酔いのせいか声がデカくて一瞬突き飛ばしそうになる。

ゆうか超酔ってたねー大丈夫かな、と言い合いながら、ごっちゃんと地下鉄のホームに向かう階段を降りる。ホームから届く強風でスカートが脚に張り付いてはためく。

「ねえ、ほんとにレ、レズビアンのカップルもシリンジ法で子ども産んだりしてるの」

声が大きくなってしまったのは風の音とマスクにかき消されないためで、酔いのせいではない。ごっちゃんが乗換案内のアプリから顔を上げる。真顔で数秒こちらを見つめると、ふっと表情を緩めた。

「知り合いに、ネットで知り合った人に精子提供してもらって出産したカップルが一組いるよ。知り合いの知り合いとかのレベルならもっといる」

「そうなんだ」

「亜希ちゃんも欲しいんだ、子ども。俺がドナーになってあげよっか」

「ははは」

「本気だよ？　でも俺の精子は高いよー」

ごっちゃんはそう言い残し、亜希とは反対方向のホームへ軽やかに消えていった。

その夜、亜希はシリンジキットのカスタマーレビューを読み耽った。レスで悩む夫婦や

ＥＤで悩む夫婦や性交痛で悩む夫婦らがこぞってこのシリンジキットに救われたと☆５をつけている。ごっちゃんには「ビアンカップルがよく使うやつ」みたいに説明されたが読んでも読んでもそこにあるのは異性婚夫婦の感想ばかりだった。サクラレビューだったらいいのにと半ば思いながらＵＲＬをサクラチェッカーにかけるとサクラの可能性は極めて低い安全な商品ですという検証結果が出た。そうなんだ妊活って今こんな感じなんだ。そこに綴られているのはオモシロでもなんでもなく、ただの暮らしだった。

ここに書き込んでいる六百人の人たちは、性愛と生殖を分けているんだなあ。

ここ数年の、婚活というにはあまりに茫洋としていたが、能動的に男と出会って付き合って別れてという活動の繰り返しを思い返す。相手にそれなりに好感を持つこともないではなかったし、セックスもそこそこ楽しかったが、決して熱中することはなく、共に歩む将来を望むこともなかった。

同居している親友たちと過ごしているときの、このまま死んでも悔いね〜！　と思える爆竹のような明滅する楽しさも、膨満感のなかでこのままずっとこうしていたいなと染み入るように感じる幸福のまどろみも、男といるときにはついぞ得られなかったのだった。

それに、私が子どもを欲しているのは今なのだ。みんながまことしやかに口にする適齢期で出産したいなら何歳までに交際開始してプロポーズされて〜みたいな謎の逆算はもううんざりなんだよ。

ＬＩＮＥのトークルームからごっちゃんを探し「高いっていくら？」と打ち込んで送信

する。すぐに既読がついて動悸が激しくなる。ほどなくして「一千万円」と返ってきたメッセージを見て、からかわれた！　と即座にスマホを放り投げベッドに突っ伏していると電話がかかってきて「ただし条件次第で無料提供」と言われた。

カテーテルを膣に挿入し、注射器の後部に添えた親指をぐっと押し込んで精液を注入する。ひんやりするかと思って一瞬身構えたがそんなこともなく、温度のない液体が、びゅるるると膣内を進んでいく微かな感覚がある。温度を感じないということは膣内の温度と近いということなのだろうか。ショーツをはき、スカートの乱れをなおしてトイレから出た。説明書に注入後は五分横たわって安静にするようにと書かれていたので、ラブホのだだっぴろいベッドに仰向けに倒れ込んだ。

ソファでスマホを操作していたごっちゃんが近寄ってきて、うまくできた？　と顔を覗き込まれた。その屈託のなさに、顔を合わせるのが気恥ずかしいと思っていた自分がばかばかしくなる。

「魂を注ぎ込まれたって感じある？」

「全然しない。なんか処置って感じ」

何てことない、タンポンを挿入するのとか、カンジダの薬を注入するのと大差ない作業だった。確かにこれと比べたら妊活としてのセックスはあまりにストレスフルで非合理的すぎる。ガラケーが瞬く間にスマホに置き換わったように、今後の妊活は近いうち全部シリンジ法に取って代わるんじゃないかとすら思う。

ごっちゃんは亜希の隣に肘をつく姿勢で横たわり、下腹部のあたりを服の上からまじまじと眺めてきた。

「ちょっとあんま見ないでよ」

「ごめんごめん」

二ヶ月ほど前、新宿のクリニックを二人で訪れてブライダルチェックを受けた。個別で受診すればいいのではないかと思ったのだが、ごっちゃんが「せっかくだからカップルプランにしよう」と同日に予約を入れたのだった。ちょっと良い感じの温泉旅館に泊まれるくらいの費用を支払って完遂した血液検査や性感染症検査など諸々の検査は、二人の連帯感を否応なく強めた。あの日もそうだったが、今もこうして二人で横たわっていると、まるで本当のカップルかのように錯覚してしまう。ごっちゃんは女性と性交はできないと言うが、亜希の方はムラつきがとろ火で燃えている。それでなくても、ピルの服用をやめてから無性にムラムラしているのだ。

「俺さー夜寝る前目に張り付いたコンタクト外すとき、魂はがしてる気持ちになるんだよね、目を潤してから外さないと角膜傷つくってスナさんにいつも怒られるんだけど」

ごっちゃんの恋人であるスナさんは外資系証券会社に勤務しており、「何かの間違いみたいに優秀な人」なのだという。ごっちゃんがしきりに恋人の話をするので、亜希も自然とスナさんについて詳しくなっていったし、それに合わせるように亜希も同居人たちのことをよく話すようになった。同居人たちのことを話していると、直接自分のことを話しているわけではないのに、ずいぶん自分の内面を明け渡している気持ちになる。

「なんかさ、多かれ少なかれみんなそうなのかもしれないけど、大学卒業してから私、自分の何かが決定的に損なわれ続けてるように感じてたんだよね。具体的に何が損なわれてるかって言われるとわかんないんだけど、ずっと酸素薄い感じっていうか。これまで学校でもバイト先でもうまくやってきたのに、社会に出た途端なんか、先輩とかといい感じの雑談、天気の話すらうまくできなくて。あれ？　なんか私、超つまんない女じゃない？　みたいな。でも四人でいる時は最強の速度と精度で言葉が湧いてきて、私ってもしかして世界でいちばんおもしろい女の子なんじゃないかって思える。四人で暮らし始めてから、その損なわれてた部分が、ちょっとずつ取り戻せてるような気がするんだよ」

「そういう風に感じさせてくれる男は現れなかったんだ」

「現れないねー。会社での私もつまんない女だけど、彼氏といる時の私も相当つまんないよ」

「スナさんといる時の俺もかなりつまんない男だけど、つまんない人間でもいいいやって思わせてくれるよ、スナさんは」

　愛しい人を思って目を細めているごっちゃんが提示した精子提供の条件とは、「俺の精子で無事に子どもが産めたら、次は俺のために子どもを産んでよ。スナさんと育てたいから」というものだった。一千万円というのは、海外で代理出産を依頼する場合の相場らしい。

　日に日に、とんでもない約束をしてしまったのではないか、という恐ろしさが首をもたげる。妊娠出産という未知で命懸けの行為を、自分のためならまだしも家族でもない男のためにできるのか？

「あんまり深刻に考えないで。まずは亜希ちゃんの子どもが無事に生まれてから真剣に考えようよ。精子提供と代理出産じゃリスクも負担も段違いなわけだし。もし本当にお願いすることになったら、一千万円とまでは言えないけどある程度まとまった謝礼はするからさあ」

　ごっちゃんはそう言ったが、彼が協力的であればあるほど気が重くなった。代理母を探すのは、精子提供者を探すのと比較にならないほど難しいだろう。でも子どもがほしいという想いは痛いほどわかるし、彼の子どもを産むことで借りを返してスッキリしたい気持ちもある。まとまった謝礼って具体的にいくらなんだろう。それを自分の子育て資金の足しにできれば。いやそんな簡単な問題じゃないのはわかっている。大人しく海外の精子バンクから精子を金で買った方がよかったのだろうか。でも人となりをよく知っている人の方が良いかと思ったのだ。それに、精子提供する側にいったいどんなデメリットがある？

　悶々と考え込みながら駅の改札を通ろうとした時、腰の辺りに後方から強い衝撃を受けて前に倒れ込んだ。弾丸のように改札を駆け抜けていく、某有名中学受験専門塾の通塾カバンを背負った男児の後ろ姿がかろうじて視界に入った。大丈夫？　とごっちゃんに支えられて体勢を立て直す。

　時刻は二十二時近くだった。こんな時間まで塾で勉強して電車で帰るのか東京の子どもは、と、どこまででも自転車を漕いで行った自分の小学生時代を想起する。中受《ちゅうじゅ》なんて、公立校に馴染めなかった訳ありの子どもがするものと思っていた。田舎だったんだな。東京出身のごっちゃんに「塾とか行ってた？　小学生の時」と尋ねると、「行ってないよー。俺その頃バドミントンに夢中」と言われた。ひとしきり了ども時代の話で盛り上がり、「何か私たち、多分もうあの子より親の方に歳近いのに、子ども目線の話ばっかしてんね」と笑いあった。子ども時代は経験済だけど、親は未経験なのだから仕方ない。

「あのさ、なんでごっちゃんは子どもほしいと思ったの。そんな子ども好きだっけ？」

　そう尋ねると、ごっちゃんはしばらく黙って、「ゆうかちゃんって、なんで子どもつくったかとか、聞かれることないんだろうな」とぽつりと言った。

「ないだろうね。そういうもんだから」

「うちらは人と違うから、説明を求められるよね、これからずっと」

「理由とかないよね。ほしいからほしいよね」

「そう、ほしいからほしい」

　亜希は、子どもがほしいという気持ちの裏に、仕事がイケてないことを帳消しにして別のステージに行きたいという欲求があった。ごっちゃんもそれをわかっているし、亜希はごっちゃんがスナさんとの関係を盤石《ばんじゃく》にしたいから子どもをほしがっていることに気づいていた。私たちはお互いそれが後ろめたかった。

仕事が充実してるから今は子どもほしくないってのは納得感あるのに仕事イケてないから今子どもほしいってのはなんかダメっぽいのはなんなんだろう。

「あとさー、子育てしてくうちに、意味が見つかるかもしれないよね」

「いいね、それ」

何かをほしがるという気持ちが純度百パーなんてことはありえなくて、子どもがほしいのも家具がほしいのも服がほしいのも何かを満たしたいからで、その欲求に貴賤はないはずだった。でも私たちは後ろめたかった。その後ろめたさの正体を考えるのも癪《しゃく》だった。さっき小学生にぶつかられた腰のあたりが鈍く痛み、あのクソガキが、と思った。


帰宅すると同居人たちは三人ともリビングでチルっていた。空の容器やカトラリーが散乱している様子を見るに、それぞれ仕事が一段落して適当に手配した夕飯を食べ終わってってところだろう。花乃子は酒を飲んでいないようなのでもしかしたらこれからまたひと仕事するのかもしれない。

これまでは自分だけ出勤を強いられて三人が在宅勤務している状況が情けなく堪えがたかったが、一日中家から出ていないらしい三人の様子を見ても、驚くほど心が穏やかだった。だって私はさっき精子を注入してきたのだから。

この気持ちの高揚を三人に言いたいけど言えない。やり場のないもどかしさを抱えたまま冷蔵庫からハイボール缶を取り出し、ソファの空いた席に座った。テレビには自動再生になっているらしいYouTubeが垂れ流されていて、なかやまきんに君が筋肉食材を紹介している。

ヨガマットの上に寝そべっている百合子がスマホから目を離してこちらを向き「どこ行ってたのー」とさして興味なさげに聞くので「ゼミ同期と飲んでたー」と答えた。もうすっかりすっぴんの方が見慣れてしまったが、あらためて見るとこいつこんな顔だったっけな、と思う。ちょっと痩せたな。いや太ったか？　まだ別々に暮らし、週末ごとに飲み歩いていた頃の方が、体型の微妙な変化やおろしたての服に敏感に気づけた気がする。ふだん部屋に鎮座している家具を注視することがないように、一緒に暮らし始めてからむしろ同居人たちの造形があやふやになった。

百合子は、出産に興味がないと以前はっきり宣言していた。ソファの反対側であぐらをかいてぼうっとしている澪は、卵巣の疾患の発覚を機に百合子の会社から補助を受けて卵子凍結をしているが、出産に関して明確なビジョンがあるのだろうか？　ダイニングテーブルで漫画を読んでいる花乃子は、常に漫画の仕事に追われていてそれどころではないように見える。

今日注入した精子が受精して無事子どもが産まれたら、この四人暮らしは終わるのだ。当たり前の事実にあらためてはっとする。特に期間を定めていないこのルームシェアを終わらせる時が来るならそのきっかけをつくるのはきっと自分以外の誰かだろうとなんとなく思っていた。亜希は昔からノリは良くても思い切りは悪い。

四人の間に特に盛り上がりもないまま、YouTube は健気に自動再生を続ける。同級生の四人が集まっていても、普段視聴する YouTube チャンネルはかなりばらつきがある。四人の雑多な視聴傾向を学習したアカウントは、結婚してフィンランドに移住した女性が北欧暮らしを満喫している Vlog を流し始めた。

「いいなー北欧。こういうの」

百合子が呟くと澪も「わかるー」と続ける。

「今さら日本出る勇気もないけどさー、なんかこの先日本にいてもしょうもないなーって思うことばっかりだよね。やっぱ子育てとかもしやすいのかな、北欧って。税金バカ高いらしいけど」

「えっ、澪、海外で子育てとか考えてんの？　凍結した卵子で!?」

澪の口から子育てという言葉が出てきて思わず前のめりになってしまう。卵子凍結に踏み切った澪が出産についてどう考えているか、自ら尋ねることは控えていたが亜希は気になって仕方ないのだった。

「いやそんなガッツないよ！　私英語すらろくにできないしさ～。この人みたいに現地の人と結婚するとかならまた話別かもだけど」

パートナーいたってハードだとは思うけど……。だよね～。などと言い合いながら画面を眺める。北欧移住 YouTuber は、朝早く起きてパンを焼き、湖でひと泳ぎしてから猫のいる部屋でリモートワークを始めた。丁寧な暮らし全部乗せラーメンみたいだなと思う。

「選択肢持つために卵子凍結してみたけど、そもそも肝心の子どもが産まれたがってるかはわかんないじゃんね」

澪の言葉が瞬時に飲み込めず、「どういうこと？」と尋ねる。

「自分の子どもに、産まれてくるんじゃなかった、って思わせない自信がない」

「そんなの……」

私は産まれてきてよかったし。って反射的に言いそうになるが、口に出す前に、いやまだよかったかどうかわかんないか。と思い直す。うちらそれなりによくやってきた方だと思うけど、それでもどうしようもない気持ちの如何ともしがたい夜や朝があるし。この先まだ何十年も会社勤めしなきゃいけない日々の中でどこまで正気を保ち続けていけるかわかんないし。子どもが産まれたらその子のために頑張れるんじゃないかって思うけど子どもは生きてくモチベ保つためのアイテムじゃないし、そうやって産まれた子どもはいったい何をモチベに生きてくの？

同世代の有名人の訃報にも慣れた。慣れたというか、最初はただ驚いて動揺していたのが、馴染みのある俳優やアーティストが命を絶つことが続くと、防衛本能的に心が無になるようになった。できるだけ何も感じないように。具体的に想像して心が引っ張られないように。死んでいった人たちに共感するのが怖いのだ。

ゆうかのことを思い出す。ゆうかにとっては子どもの存在が生きてく理由だったりするのだろうか。でもゆうかは仕事もイケてるし森田もいるし、生きてく理由なんて考えるまでもない人生なのかもしれない。

私たちは、お互いのことが大切だけど、こいつらがいるから死ねない、とは多分誰一人思ってなくて、せいぜい死ぬ時はこいつらに極力迷惑をかけない、程度の気持ちしかない。やっぱり私たちって既存の家族より結びつきが弱いのだろうかと思うけど、このくらいの方が健全な気もする。

画面の中のYouTuberが動画の締めに「北欧の冬は、寒くて、長くて、暗いです」と唱えるように言い、「それは嫌だな」と相槌みたいに百合子が言った。


ごっちゃんとは排卵周期に合わせて約月イチの頻度で落ち合った。精子注入を済ませたあと、持ち寄ったスイーツをラブホで食べるのが恒例のようになっている。備え付けのケトルでいれたティーバッグの紅茶の味にいつしか言いようのない落ち着きを感じるようになってしまった。

あれだけ耐えられないと思っていた仕事も妊活を始めた途端にどうでもよくなった。そこで起きる何もかもが自分とは関係のない遠い国の出来事のように感じられたし、うっとうしいおじさんたちはみんな悲しいモンスターなのだと思うようになった。所定労働時間に着席していれば正社員として認められ毎月給与が支払われて福利厚生の対象となるのであれば、もうそれで良いと思えた。やりがいも、高い給与も、在宅勤務の許可も、別に要らなかった。ついさっき膣に注入したばかりの、まだかたちをなすかどうかもわからない我が子のことを思えば、もう何もかもどうでもよかった。自分はこういう気持ちに早くなりたかったのかもしれないと思った。子どもを持つことで違うステージに行きたいと思っていたけど、単にステージを降りたかっただけなのかもしれなかった。自分が主役の人生に飽きたから。そうして次は我が子をステージに上げるのだ。本人が上がりたがっているかどうか知る由もないが。

子どもが産まれたがってるかはわかんない、という澪の言葉が、どうにも頭を離れなかった。事前に意思を確認する手段がないとはいえ、こんなハードな人生というコンテンツを、強制的に始めさせていいのだろうか？　私は、思慮が浅いと誹《そし》られるだろうか？

ごっちゃんが近所のカフェでテイクアウトしてきたというカヌレを、ベッドにうつ伏せに寝そべったまま行儀悪く頬張る。

ごっちゃんは、前日にスナさんと軽い口論になったらしく、珍しく投げやりな様子だった。スマホに何事か打ち込んでは、ああもう！　と枕に顔を埋《うず》めている。学生時代、ゼミ内で恋愛や課題の役割分担などを発端とする幼稚ないざこざが数回あったが、彼は決して感情的にならなかった。それは人格というよりも美意識の問題であるようで、余裕のない振る舞いをする友人らを笑顔で小馬鹿にする表情が印象的だった。彼のそういう、ちょっとスカしたところに憧れて思いを寄せたりあからさまに意見を合わせたりしていた女子も何人かいて、そのうちの一人に仲の良さを妬まれ嫌がらせめいたことをされた記憶もある。

「俺だけがスナさんのことを心からわかってやれるって出会った時にすぐそう思ってそれは今も変わらずそうなんだけどやっぱり俺たちはあまりにも違う人間すぎるってこと日に日に思い知らされるっていうか、俺とスナさんは楽しいと感じる瞬間は近くても苦しみを感じる部分が違い過ぎていて、スナさんはある種過剰な人間だけど俺はどっちかっていうと足りない人間で、なんかその決定的なズレがいつか取り返しのつかないことになるような気がする」

　普段ならスナさんの話の合間に亜希も同居人たちの話をするのだが今日はどうもそういう調子じゃないようだ。仕方なく、カヌレをなるべくゆっくりにちゃあと食べて紅茶を口に含むことだけに専念する。

「俺のいちばん苦しいと感じる部分を、スナさんは訓練が足りないだけで克服できることだと思っているし、スナさんの譲れないと思っている部分を俺はどうしてもダサく感じてしまう、俺たちは歩み寄れない」

　同居人たちの顔を思い浮かべる。三人は、ステージから降りたくなることはないのだろうか。自分よりずっと充実した仕事を持っている友人たち。もし仮に子どもができたとしても、あいつらはステージから降りずに主役でい続けることができる女たちなんだよなと思う。

　ごっちゃんは仰向けになり、両手で顔を覆ったあと、ゆっくりこちらを向いた。長めの前髪がはらりと扇情的な揺れ方をする。

　あーなんか俺今、十年ぶりくらいにセックスできそう、とごっちゃんが言った。YouTubeの内面化が成功している亜希の脳内で、即座に「あーなんか俺今、十年ぶりくらいに（女の子と）セックスできそう」とかっこ部分が補足されたテロップが流れた。ごっちゃんは「できそう」と言っただけでやるかやらないかを亜希に委ねているのは明白だった。その決断を委ねた瞳が過去一でエロい。口内にこびりついていたカヌレの全てを最小限の動きで飲み込む。

　セックス抜きとはいえ精子の授受を行っているわれわれは好きか嫌いかで言えば当然好き寄りの二人だった。

　亜希は、手の届く位置にセックスを置かれて、これまでずっととろ火だった欲望の火力が急速に上がるのを感じた。が、セックス＝タイミング法と頭の中で変換されてしまって、にわかにやる気が失せた。もし今日注入した精子で妊娠したとして、シリンジ法かタイミング法かどっちで授かったかわからないというのは絶対に嫌だった。一瞬の生々しいムラつきで孕《はら》むのではなく、シリンジで受精したかった。余分な感情を排除したかった。性欲でなく、子どもを産むための合理的な手段で着床したのだと、子どもに説明する機会は未来永劫訪れないだろうが、そういうことにしたかった。

　欲望を振り切るように勢いつけて起き上がり、軽く伸びをして「なんか今日妊娠した気がするー！」とおどけて言った。ごっちゃんは「亜希ちゃん先月もそれ言ってたよ」と呆れたように言い、同じく伸びる動作をして帰り支度を始めた。当然だがごっちゃんはそれ以上一切セックスの方に誘導してくることはなく、それが少し寂しかった。

妊娠検査薬の判定窓に陽性を示すラインが表示されたのはその数ヶ月後だった。自分には恋愛のツキも仕事のツキもないけど妊娠のツキはあったらしい。

同日に無理やり予約をねじ込んだ産婦人科で医師から正式に妊娠を宣告された時、天を仰いで身震いした。やっとこの、冴えないステージから降りられるのだ。

病院を出て、まずごっちゃんに連絡しようとスマホを取り出すと、ちょうど向こうから電話がかかってきた。そのタイミングの良さに運命的なものを感じて、この人に出会えてよかったとうっすら込み上げてくる涙をこらえながら電話に出ると開口一番に「あ、亜希ちゃん⁉　俺コロナかかっちゃった！」と言われた。

「だから来週は会えないやごめんねー。時期的に亜希ちゃんは濃厚接触者に該当しないはずだけど心配だったら念のため検査して」という言葉を聞き終わらないうちに「ごっちゃん、私、妊娠したよ！」と叫ぶように言った。

「えっ⁉　うっそマジで⁉　おめでとう！」

「ありがと〜なんかほんといろいろマジで……」

おめでとうというそのシンプルな言葉が、渇ききった喉を潤すスポーツ飲料のように亜希の全身に染み込んでいった。これから多くの人たちに、さまざまなシチュエーションで、子どもができた経緯と今後の方針を説明しなければならない亜希にとって、何も説明する必要がない相手に手放しで祝福してもらえるのが心から嬉しかった。妊娠を診断した医師にもおめでとうございますとは言われなかった。問診票で「未婚」かつ「入籍の予定・無」にそれぞれマルを付したからだろうか。

その後発熱外来で受検したPCR検査でも陽性と診断された亜希は、速やかにホテル療養の申し込みを行った。ごっちゃんと最後に会ったのは三週間近く前なので彼から感染したということは考えにくい。同居人たちも、厳密にステイホームしていたわけではないにせよほとんど在宅勤務なので、まあおそらく職場か、あるいは通勤中に感染したのだろう。

運転席と後部座席の間がボードで仕切られた感染者搬送用車両で療養先のアパホテルに送り届けられ、荷物の整理もそこそこにベッドに横たわった。

無症状感染かと思ったが、徐々に体温が上がってきていた。37・8℃と表示された体温計をベッドサイドテーブルに放り出し、下腹部に手を当てて目を閉じる。

これから十日近く、この静かな部屋で、亜希は自分の子どもと二人きりなのだった。予定日は八ヶ月も先で、無事に産まれればその後も長い付き合いが待っているはずなのに、不思議と亜希は、この十日間を、子どもと二人きりで過ごす最初で最後の時間のように感じていた。

さあ、私たち、これからどうしようか……。

具体的に考えなくてはいけないことが、山のようにあった。これからこなさなければいけない途方もない数の比較検討決断を思うとめまいがした。

何か大きな決断を前にした時など、亜希は前職の退職を決意した日のことを折に触れて思い出すのだった。ルームシェアを始めてまだ日が浅かったあの日、突発的に発生した部署の飲み会に巻き込まれた亜希は、二次会行く人ーの声をかわして帰路を急ぎ自宅になだれこむと、同居人たちはでかい案件がクローズしたばかりだという百合子を筆頭にガンガン酒を飲んでリビングで踊り狂っていた。その光景がどうにも耐えがたく、なんで金曜の夜なのに三人とも家にいるんだよ、私もまっすぐ帰りたかった！　と泣けてきて、「勝手に踊るな！」と大声を上げた。

亜希の様子がおかしいのに気づいて、花乃子がどうしたどうした！　と声をかけてきたので「会社の飲み会で、大して仲良くもないおっさんに『らしくないぞ』って言われてめっちゃムカついた！」と絞り出すように言った。

聞くだけ聞いた花乃子は、酔っぱらい特有のでかい声で「わかったわかった、じゃあ気分を変えて山手線ゲームしよ！　古今東西、亜希らしくない言葉！」と言った。澪と百合子も、イエーイ！　と拳を振り上げる。

花乃子が「じゃあ私からね！　日々成長！」と叫ぶ。いや言わんけど！　ぱんぱんとリズムに乗って手を叩き、百合子が「あんこおいしい！」と続けた。確かに嫌いだけど！　ぱんぱん、澪が「シンクの水垢今すぐきれいにしたい！」と叫び、それは要求じゃん！　と憤っている間に、ぱんぱん、と自分の番がまわってきて、頭がまっしろになり、咄嗟に「仕事が、生きがいー！」

と両手を上げて叫んだ瞬間、あー、転職しよう！　と晴れやかな気持ちで思ったのだった。転職したい、転職しよう、転職するのだ、今度こそ本当にマジで可及的速やかに！

ベッドの上で体を丸めてくっくっくっと思い出し笑いをする。あの時、四人でわけもわからず笑い転げながら、もしかして今ってもう二度と手に入ることのない私の人生でもっとも幸福で満ち足りた瞬間なんじゃないか？　と思ったのだった。

その時は本当にそう思ったのだ。

きっとその感覚は今後も上書きされ続けていくんだろう。今後の人生であの瞬間を越えられなかったらどうしようって真剣に思ってたけど、親友たちとの騒がしい日々のなかで、いまこそがぴったりと満ち足りた瞬間なんじゃないかと思えた瞬間がその後に何度もあった。

そういう瞬間が、この子の人生にもなるべくたくさんほしい。

仕事での華々しい成功や、恋愛における燃え上がるような一瞬というのには縁がない人生だったとしても、どうしようもなく尊く思える瞬間、自分はこういうときのために生きているんじゃないかってしゃがみこんでしまうような瞬間が、この子にもときどきはあったらいい。

私が強制的に始めさせるこの人生というコンテンツをこの子がより良く生き抜くために、自分はいったい何をしてやれるだろう。

亜希はゆっくりと起き上がり、持参したパソコンを開いてパワーポイントを立ち上げた。

☆

Ｚｏｏｍの画面共有を終了させると、縮小されていた同居人たちの顔が画面に戻ってきた。四分割で表示されている同居人たちに向かって、いかがでしょうか、と問いかける。今日のミーティングは、リビングからではなく、それぞれの自室から個別に参加するようあらかじめ依頼していた。リビングでほかの三人が同じ空気を共有していたらあまりに不利だと思ったからだったが、顔を合わせるとすぐくだらない冗談で茶化したりあらぬ方向に話を脱線させたりしてしまうわれわれにとって、こうして画面越しに向かい合うと程よく会話の無駄が削ぎ落とされ話し合いの体《てい》を保てるようになるというのはあらたな発見だった。

花乃子は困ったように頭を抱えており、百合子はキーボードを叩いて何事か調べている。まず口火を切ったのは澪だった。

「えーっと、精子提供者とは、今後の子育てに関する権利や費用関係についてどう話つけてあるの」

普段とは打って変わって遊びのない表情に気が引き締まる。

「彼とは今後もこれまでどおり友人関係を続けていく予定だけど、子どもの養育については一切責任を負ってもらうつもりはないよ。彼はあくまでもドナーだから」

「ちゃんと契約書か何か、書類を取り交わした方がいいんじゃないかな。どんなトラブルがあるかわからないから」

「そうだね、出産までに専門家に相談するよ」

　ごっちゃんとは、自分もコロナ陽性だったことを報告した際に「お互い大変だね！　あと俺スナさんと別れた」とメッセージが来て、そこから連絡が途絶えている。二人が別れた今、彼らの子どもを産むという約束は反故になるのだろうか。肩の荷が降りた気分と、協力者を失った心細さが綯《な》い交ぜになる。

　花乃子と百合子は口を挟まず黙って聞いている中で、澪が続ける。

「あとさー、みんな薄々思ってるだろうから代表して言うけど」

　はい、と返事をして思わず背筋を伸ばす。

「こういうプロジェクトの企画出すならさー、妊娠を計画する前に提案するのが筋じゃん。もうデキちゃってるって、走り出しちゃってんじゃん。ほんとずるいよね。しかも私たち、同僚でも取引先でもなくて友達じゃん。無理です出ていってくださいひとりでガンバって育ててくださいでもたまには抱っこさせてね～なんて言えるわけないじゃん。月二万の出資が痛くないって言ったら嘘だけどまあ払える額だってのもわかってるじゃん。うちら付き合い長いけど、今回ばかりはかつてなく図々しいよね」

「うん、ごめん」と素直に謝る。そうなのだ、この四人で、自分は図々しい担当ではなかったのだ、ずっと。

「いや謝らせてごめん……あと言うのが遅くなってごめん、おめでとう」

澪がそう言うと、花乃子と百合子も思い出したように「おめでとう！」と祝福の言葉をくれた。これからも、第一声で混じりっ気なくおめでとうと言われることはほとんどないんだろうなと思い、ごっちゃんの存在がなお恋しくなる。

百合子が片手を挙げて、「私はその計画乗るよ。私も親になりたい」と宣言した。

「私、子どもがいる人生に興味はあるけど、キャリア面とか心身の負担を考えると出産っていう行為がとにかく嫌だったんだよね。でも亜希がやってくれるならちょうど良いよ。お金なら出すしもちろん無痛分娩にしてね。私、親としての素養はこの四人の中でいちばんないと思うしなんなら無理解ノンデリカシーモラハラ浮気クソ野郎だと思うけど、四分の一だけ親になればいいんだったらいける気がする。月二万じゃなくて二口分の四万出資するからさあ、得意な部分の役割を担わせてよ。そしたらまあちょっとはマシな親になれる気がする」

「百合子、ありがとう」

百合子の言葉に心から安堵する。画面越しで良かった。その場にいたら、この感情の高ぶりを抑えられなかったかもしれない。

苦笑いの花乃子が「収入があって男に執着してない女は強いねー」と呟き、百合子が「びびってんの？」と茶化すように言う。

「いやびびるでしょそりゃ。むしろ全然びびってない百合子にびびってるよこっちは」

「私よりもむしろ花乃子が真っ先に賛成すると思った。前に言ってたじゃん。本当の家族になりたいとかみんなとの子どももほしいとか。むしろ、こういうこと、花乃子が最初に言い出すんじゃないかと思ってたよ」

「いや、確かに四人で子育てができたらそれは素敵なことだよ。でもさあ……」

花乃子が言葉につまる。

「なんだか私たちは、まだ三十にもなってないのに、先回りしていろんなことを諦めているように感じるんだよ……」

花乃子は、私が何かを諦めたと感じているのか？　強烈な違和感に打ちのめされる。普通に男と恋愛結婚出産する物語はとにかくノットフォーミーで、私にはマッチしない価値観だってこと説明したつもりだったけどちっとも伝わってなかったのかな。

「そう？　むしろ私はいろんなものを摑みにいってるように思えるけど」

弱々しく項垂《うなだ》れる花乃子に、澪がぴしゃりと言い放った。

「親友との暮らし。子ども。仕事。全部だよ！　超欲張ってるでしょ、私たち。私、今めっちゃわくわくしてる。この四人で子どもを持つなんて、私たちついに、いよいよ家族じゃん」

これまで懐疑的な立場を取っていた澪が、手のひらを返したように花乃子を鼓舞している。その様子を、亜希は、当事者なのに他人事のように見ていた。

どういうわけか、花乃子が雄太と別れてからというもの、澪が花乃子に強い執着を見せるようになったのだ。それを花乃子自身は気づいていないかもしれないが、少なくとも亜希の目には明らかだった。花乃子が雄太と交際している時も四人は変わらずつるんでいたけど、花乃子は常に心の大きな部分を雄太に預けていた。安定したパートナーシップから離れ、私たちの手の中で捨て鉢になったり笑い転げたりするむき出しの花乃子を、澪はずっと手元に置いておきたいのだった。

そして亜希は、花乃子がここで一抜けできるような女ではないというのもわかっていた。こいつはいついかなる時もほかの三人が乗り気な時に私はパスなんて言えたためしがないのだ。どこまでも流されやすく甘ったれな女なのだ。

それだから、亜希はこの瞬間、すでに自分のプレゼンの成功を確信していた。花乃子が怖気付けば、澪がキレて引っ張り戻す。澪だって本当は確信がないのに、澪は花乃子のこととなるとたちまち冷静さを欠くのだった。

花乃子は、「なんだか先回りしていろんなことを諦めていってるように感じる」と言った。花乃子の中では、いまだに男と普通に恋愛結婚出産するプランを希望しているからこそ、「諦める」という言葉が出たんじゃないか？　心の底ではそっちのプランを希望しているなら、この提案には乗らないほうがいいんじゃないか？

私はずるくて、澪が花乃子を丸め込む様を黙って見ていた。花乃子はひとたび流れに乗せてしまえばきっとご機嫌で暮らしていくだろうし、ここで水を差してもし花乃子が抜ければ澪も抜けそうな気がした。

私は百合子を信頼しているけど、二人きりで子どもを育てていくには心もとなかった。亜希の試算だと、このイレギュラーな子育てには四馬力必要だった。それに、百合子が不意に見せるちょっとした非情さや、無邪気に振りかざす強者の理論に一対一で向き合っていくのは気が重かった。

澪が乗り気であることに、花乃子は面食らっているようだったが、ついに「そっか、私たち、いよいよ家族か……」とまんざらでもない様子を見せ始めた。

澪にはきっと、花乃子のほしい言葉が手に取るようにわかるのだろう。花乃子は感受性豊かだけど単純で、花乃子を研究しきっている澪の手にかかれば彼女をその気にさせるのは容易《たやす》いことだった。

「考えてもみなよ。私たちが育てる子どもなんて、絶対、最高におもしろい子になるに決まってるよ」

「そうだよね……」

花乃子はとうとう顔をほころばせ、「亜希の子育てがいい感じだったら、私も産んじゃおっかな」と言い、澪が達成感にほくそ笑んだのがわかった。

「そうだよ、花乃子も産みたくなったら産めばいいよ。花乃子が漫画の仕事に集中できるように私ががんばるからさ」

花乃子をたきつけながら、亜希の内心はかつてなく静かだった。ようやっとステージから降りられると思って安堵したが、彼女らといると自分はまだまだ踊り続けていなきゃいけないのだということを思い知らされて心の底からぞっとした。デスクの下でそっとお腹を撫で、愛しい我が子に語りかける。最高におもしろい子になんてならなくてもいいよ。

# 女と女と女と女

恵麻《えま》には母親が四人いる。

母親たちは二十代後半から一緒に暮らし始め、数年後には姉の朝ちゃんが、そのまた数年後には妹の恵麻が誕生した。

四人の母親のうちの一人であり、恵麻の生みの親である花乃子はそれなりに名の知れた漫画家で、三年前に朝ちゃんを連れて恋人の住むパリに移住した。恵麻も来るかと聞かれたが、必死こいて勉強して受かった中高一貫校に通い始めたばかりだったので日本に残ることにした。

もともと少女漫画家であった花乃子の名を広く世に知らしめるきっかけとなったのは、女四人によるルームシェアを描いたエッセイ漫画だった。彼女たちがルームシェアを始めたきっかけから、精子提供によって誕生した二人の子どもの育児などを赤裸々に綴ったそのシリーズは、新しい価値観の家庭のあり方を描いたエポックメイキングな作品として話題になり、連続ドラマにもなった（映画版はコケたがなぜかその後フィンランドでリメイクされ、そっちではまあまあウケたらしい）。「女と女と女と女」と題されたその漫画を、恵麻は幼い頃から何度も読んでいて、自分たち姉妹の出自すらも直接母親たちに聞いたのではなく漫画から知った。男友達から精子提供を受けた亜希ちゃんが朝ちゃんを産み、海外の精子バンクで精子を購入した花乃子から恵麻が産まれた。保育園児の頃、恵麻は自分の生い立ちがどのくらい特殊なのか理解しておらず、自分と同じく色素の薄い髪を持つ女児に「ゆあちゃんもせいしばんく？」と尋ねてしまって先方の親から「金で買ったお宅の子どもと一緒にするな」と母親たちはこっぴどく怒られたそうだ。

恵麻の出自と家族構成は世界中に公開されているが、日常生活において嫌な思いをすることはさほどなかった。昔話題になったとはいえ、「女と女と女と女」は恵麻よりやや上の世代の流行で、同級生にはほとんど浸透していない。ときどき出現する謎の大人から「かわいそう」扱いされることはままあったが。

学校にはネットでバズってる子とかちょっとした芸能活動やってる子とか（あるいはその家族とか）が何人もいて、総フォロワー数で花乃子に大きく水をあけているその子たちが日々巻き起こすトラブルやゴシップを追っかけるのにみんな大忙しだ。所詮恵麻は昔流行ったコンテンツの一部に過ぎず、リアルタイムでバズったり炎上したりするわけじゃない。

それに、花乃子の漫画は女同士のルームシェアエッセイであって、子育てエッセイではなかった。物語の主役はあくまでも母親四人なのだった。仮名を使うなど多少のフェイクや脚色は入れられているものの、母親たち四人はかなり本人に忠実に描かれていた。

一方で、彼女らの子どもである恵麻や朝ちゃんのことについては、生まれた経緯や出自は描かれていても、個々の成長やパーソナリティについてはほとんど触れられず、必要最低限しか登場しない。作中で描写されるのは、「母親たちが」いかにして育児を分担し、いかにして「母親たちの」暮らしを維持していったかに尽きるのだった。

幼い頃、漫画の中の自分が表情を持たないモブ的な描かれ方をしていることに納得いかず、花乃子に「私のことも漫画に描いたら？」とねだったことがある。そしたら花乃子は、何でもないことのように「自分で描いたら？」と言ったのだった。

花乃子の代表作といえば「女と女と女」だが、（モブとはいえ）当事者である恵麻にとっておもしろいかどうか客観的に判断しかねるそのエッセイ漫画よりも、恵麻は彼女の描くフィクション、少女漫画の方が好きだった。頭の中に特定のシーンをいくつも再現することができるし、モノローグを諳んじたりすることもある。

花乃子が描く少女漫画には、しばしば「親友の女の子」が登場した。主人公とはファッションも好きなタイプもちょっと毛色が違っているけど学校生活はいつも一緒で、有事の際には家に押しかけて夜通し恋愛相談できるような、唯一無二の女友達だ。

恵麻は高校一年生で、四人の母親たちが出会った年齢になったけど、将来一緒に暮らしたいと思えるような友人にはまだ巡り合っていない。いじめの標的になったりしないしグループ分けで余ることもない。ただ恵麻には親友がいたことがない。

恵麻には親友はいないけど好意を寄せてくる女の子は常にいて、しかし定期的に入れ替わった。ひとたびロックオンされると、移動教室の時さりげなく隣をキープされたり、しょっちゅうトイレで鉢合わせて手を洗いながら鏡越しに目を合わされたりした。恵麻と親しくなろうとする女の子は、どうしてか「なんとなくお互い惹かれ合った」シチュエーションを作ろうとする。

今つるんでいるのは美礼《みれい》ちゃんという女の子で、母親に中学受験の際の受験方針から模試の結果、本番の合否までSNSで事細かにアップされていたことについて三年以上たった今も新鮮に怒っている。一度冗談めかして「うちみたいに書籍化されてないだけマシじゃん」と言ったら、「書籍化とか、収益化されてるんだったらまだいいよ！　うちのママのこれは一銭にもならないしただ恥と個人情報晒してるだけだからなおキモいんだよ！」と主張した。美礼ちゃんはその後も母親のSNSをウォッチし続けているばかりでなく、ママ垢っぽいアカウントを作って時々好意的なコメントや子育てに関する質問を入れたりしていてこっちもかなりキモい。定期的に自称家庭環境訳アリの子に好かれがちな恵麻は、あなたならこの想いをわかってくれるはずと言わんばかりに鬱屈した家族への感情を友人からガーッと訴えられたりするが、恵麻自身は家族構成が圧倒的に特殊なだけで別にそれほどこじれた感情があるわけではなく、勝手にがっかりされることすらある。

帰りのホームルームが終わると、解放感にあふれたざわめきの中で緩慢に席を立ち、どちらからともなく歩み寄って放課後の予定を報告し合う。恵麻たちにとって本質的にはこっちの方がよっぽどホームルームだ。美礼ちゃんは、今日は母親と二人でトルコ料理を食べに行くのだと楽しげに報告してきた。日々激しくやり合っている割に親子関係は緊密で、それが恵麻には不思議だった。恵麻は実母含めて母親たちと口論することはほとんどないけれど、四人のうちの誰かと二人きりで食事しに行くこともない。

それは恵麻と美礼ちゃんの関係にも近かった。二人はきっと今後も大げんかはしないし、夜通し恋愛相談をすることもない。

「恵麻は今日も部活ー？　やば運動部よりやってんじゃん練習」

複数のリップを駆使して唇に複雑なグラデーションを作っている美礼ちゃんを眺めながら、「学祭前だからねー」と答える。

恵麻は小四から中等部卒業まで合唱部に所属していたが、高等部には合唱部がなく、代わりにアカペラ部に入った。かつては高等部にもそれなりに由緒ある合唱部があったそうだが、数年前に有志がアカペラ部を発足してからというもの部員が集まらなくなり廃部になったらしい。

「すごいよね二年のバンドからスカウトされるとか。歌うまいもんねー」

「いやみんな先輩だし気ぃ遣うよふつーに」

基本的に学祭のステージに一年生は立つことができない。しかし、出演が決まっている二年生の花形的バンドからコーラスが一人脱退したことにより、急遽恵麻に白羽の矢が立ったのだった。

リードボーカルを担当する景都《けいと》先輩は、この人にダサいと思われたらマジで死にたくなるなって思わせせられるような、蛇っぽい目つきが印象的な女性だった。

景都先輩に、うちのバンド入らない？　と声をかけられた時、いよいよ人生が面白くなってきた、と、鮮烈な興奮が足の裏から脳天まで突き抜けた。景都先輩は、恵麻が断らないことはわかりきっていると言わんばかりの表情で真っ直ぐこちらを見上げていた。その余裕さが、腹立たしいほどきまっていた。わざわざ一年の教室まで出向いた景都先輩のことを、クラスメイトたちは関心を隠しきれない様子でちらちらと見ていた。彼女は、たとえ接点がなかったとしても、校内で数回すれ違えば否応なく存在を認識させられてしまう強烈さを持っていた。その景都先輩が恵麻を呼んだ瞬間の衝撃と愉悦といったら、自分の妄想がいよいよ何らかの力を持って具現化したのかとすら思った。恵麻よりずっと背も低く華奢な景都先輩が、まるで王子様のように感じられた。

そう、恵麻は自分の学生生活を劇的に面白くしてくれる何かが突然やってこないかと心のどこかで常に熱望していたのだ。美礼ちゃんには「先輩ばっかりで気を遣う」と自嘲的に話したが、本音を言えば、先輩たちと活動する部活の時間は、何よりも気持ちよかった。美礼ちゃんが何を話していても「そんなことより景都先輩がね」と言いたくて仕方なかった。隙あらば「あ〜それ景都先輩がしょうもないって言ってた笑」とか言いそうになるので強い自制心が必要だった。学校中に「景都先輩の連れ」として認知されたいという気持ちと痛い女になりたくないという気持ちで恵麻は常に引き裂かれていた。

景都先輩の持っている化粧品や文房具は、すべてこだわりのもと選び抜かれたように思えてかっこよく、目に入るたびに全力で瞬間記憶して不自然でない程度に真似をした。かと思えば、ロゴが剝がれた百均のポーチなんかを使っていることもあって、それはそれで抜け感があってかっけ〜と思う反面、自分は所詮景都先輩にこだわりのもと選び抜かれた人間などではなく特に意味なく使っている百均のポーチに過ぎないんだ……という妄執に襲われて抜け出せなくなってお腹痛くなったりした。

どうして恵麻が指名されたのか聞きたい、でも怖い、とずっと煩悶していたが、どうやらパーカスと作曲・アレンジを担当している浦部《うらべ》先輩の推薦だったことが後々明らかになった。

このバンドで一際目を引くのは間違いなく景都先輩だったが、浦部先輩は名実ともにリーダーで、ブレインと言っても差し支えなかった。景都先輩とは心身の距離が妙に近く親しげだが付き合っているわけではないらしく、時折周囲からいい加減付き合っちゃえよと雑な野次を飛ばされるたびに「いや〜俺たちはそんなんじゃないから」と否定する姿は、恋愛感情とかを超越した彼氏彼女の枠に収まりきらない俺たち（笑）的な自意識を感じて正直サムかったけど、そういう二人の関係性に憧れや萌えを見出しているファンも少なからずいるみたいで、現に美礼ちゃんなんかは恵麻がバンドに加入する前から二人のSNSをフォローしていた。

バンド練の際に浦部先輩が連発する一体誰が気づくねんていうニュアンスレベルの修正

指示への対応が恵麻は誰よりもうまく、彼はその度に「恵麻は器用でいいね」とすかさず褒めてくれるのでしっかり気を良くした。いけ好かないところもあるが、欲しい言葉を即座に出せる瞬発力のある男だった。

自分でも自覚しているが、確かに恵麻は器用なのだった。細かい音程の調整はある程度思い通りにできるし、耳もいいからモノマネも割と得意だ。

しかし恵麻は、合唱を始めた小四の時から事あるごとに「君の歌唱は技術的には申し分ないけど表現力が足りない」という趣旨の評価を受け続けているのだった。

花乃子の初期作に、フィギュアスケートを題材にした漫画がある。序盤の山場として、競技を始めたばかりの主人公が、まだ技術は未熟で荒削りだけどその類まれなる表現力を買われ、留学資格を勝ち取るというシーンがある。その才能を見出された主人公の裏には、技術では優っているが表現力で劣るライバルがおり、つまりそれが逆主人公気質である恵麻のポジションなのだった。

恵麻はその正確性に感心されることはあっても、誰かの心を強く打つようなパフォーマンスはできない。あるいは「表現力」なんてのは曖昧な指標に過ぎず、シンプルに技術力で圧倒していれば人の心を打つのかもしれなくて、つまるところ恵麻はテクニックもいまいちということになるかもしれない。

ただ恵麻のそういうアクのなさが、個性豊かなメンバーの揃う先輩バンドにはちょうど良かったのだろう。

他の先輩たちは唯一の下級生ということでかなり優しくしてくれていたが、景都先輩は恵麻に対して良くも悪くも遠慮がなく、コンビニだの資料室だのどこにでも連れ回した。それを恵麻は内心誇らしく思っていた。部活終わりや休憩中など、景都先輩と浦部先輩のペアに加わるかたちで何となく三人で過ごす時間が増えた。

部内には、青春感や一体感を重視した仲良し系のバンドもある中で、恵麻たちはバンド全体としてはそれほど和気藹々とはしておらず、むしろちょっとドライというかビジネスライクな雰囲気すらあった。それでも、興が乗れば部活終わりに六人全員でファミレスに立ち寄ることなどもあり、恵麻は、景都先輩と浦部先輩があぁだこうだやり合っているのをだらだらと聞いている時間が何より好きだった。政策とか校則とか差別とかあらゆるトピックについて日々キレている景都先輩は、その身体中を龍のように駆け巡る怒りのエネルギーを昇華させるべくディベート部を兼部しており、そっちでも一目置かれているらしい。景都先輩に意見を求められた時にロクなことを言えたためしがない恵麻と違って、浦部先輩は景都先輩を適当に転がしながら議論を活性化させるのがうまい。よくよく聞いてるとこの人何も中身あること言ってなくない？　と怪訝に感じることもあるが、景都先輩がそれに気づいているのかはわからなかった。

その日も、二人はドイツの人権活動家の発言の是非について議論していたかと思えばいつの間にかつい昨日バズった読み切り漫画のラストシーンの解釈について言い合っていた。

なぜか二人の間に座らされながらもずっと聞き役に回っている恵麻を気遣って、「ごめんね〜恵麻ちゃんうちらいつもこんなんで」と他の先輩がぼんやりとしたフォローを入れてくれて、部活帰りに先輩たちとファミレスという選ばれた者感に浸っていた恵麻は、脳直で「私も一年早く生まれたかったなあ」とぽつりと口に出してしまった。あ〜今のダサくて重かった〜と即座に後悔したけど撤回の台詞が思いつかず脂汗をかいたが、一瞬の沈黙ののちに「何それカワイ〜んだけど！」と大笑いされて思いのほか場が和んだ。

「何、恵麻ちゃんクラスでうまくいってないの？」

「うまくいってないわけじゃないんですけど、将来一緒に住みたいほどには仲良い友達はいないです」

「やばルームシェア育ちの価値観⁉　じゃあうちらとは一緒に住みたいって思ってくれてるってわけ？」

　いや実際そこまでは、と口籠ると、何なんだよ！　と景都先輩がふざけてテーブルを叩き、グラスが倒れ、恵麻の白カーデにメロンソーダがかかって大騒ぎになった。めったに自分の非を認めない景都先輩がこの時ばかりはごめんごめんと必死に謝っていた。

　これまで恵麻の家庭環境について突っ込まれたことはなかったが、この会話をきっかけに「てか母親四人てすごいよねもしかしてお年玉めっちゃもらえる？」「父親のことどのくらい知ってるの？」などと堰を切ったように質問攻めにあった。常日頃景都先輩からもっとややこしいトピックについて意見を求められては気の利いたことを言えず歯がゆい思いをしてばかりいる恵麻にとって、先輩たちから投げられた質問はどれも既知のもので、流れるように話すことができた。

「えーと、祖父母は八人いますけど、そのうち半分とは縁切られてるんで、お年玉はみなさんと同程度しかもらってないです。父親のことはマジで全然知らないんですよ。一応ヨーロッパの人間てことだけ知ってて……母はたぶん学歴とか身長とかもっとデータ持ってると思いますけど、特に詳しく知りたいとかはないですね。でも姉の朝ちゃんは精子バンクじゃなくてもともと友達だった男の人からの精子提供で生まれてるんで、彼は今でもよくうちに遊びに来ますよ。でも別に父親って感じはなくて、親の友達の一人って感じです。ていうか姉っていってても生みの母親も違うんでもはや血の繋がりは一切ないんですけど」

早口で喋りきり、誰からともなく漏れたへえ〜……という曖昧な相槌ののち、二秒走る沈黙、このたった二秒の間に恵麻の脳内をあらゆる葛藤後悔の類が駆け巡る。喋りすぎちゃったかな？　引いた？　痛かった？　得意げだった？　複数人で会話している時の、自分の発言が即座に拾われなかった時の居心地の悪さが恵麻には耐えられない。沈黙を破ったのは浦部先輩で、「いやー俺みたいなセックスで生まれた前時代的人間とは違うな〜」と笑ったので「試験管生まれシェアハウス育ちですからね！」と反射で返したらそれが今日イチでウケたばかりか、景都先輩にも「でも実際それすごい理に適ってると思う」と肯定され、今この瞬間自分がすごく特別な人間に思えた。その後も景都先輩はなぜ恵麻の家庭が優れているか社会情勢を引き合いに出しながら早口で語っていたがちっとも頭に入ってこなかった。

高揚した気分のまま帰宅すると、リビングに三人の母親たちが集まっていた。来週、花乃子が三年ぶりにパリから帰ってくるので、母親たちは当日何を食べるかとか誰が迎えに行くかとかそういう相談をしていたのだった。

現地の恋人と別れた花乃子は、ちょうどアーティストビザの期限も近いので本帰国を決めたそうだ。共に渡仏した姉の朝ちゃんは、花乃子の帰国後もそのまま向こうの大学に通い続けるらしい。

亜希ちゃんは、花乃子の帰国当日に何を作るか頭を悩ませているようだった。本人に希望を聞いたところ、「何でもいいから手料理」という回答があったのだという。顔を顰《しか》めて「は？　いちばん面倒なリクエストじゃん」と言う澪ちゃんに、亜希ちゃんは「まあ気持ちはわからないでもない」とタブレットでレシピを検索している。

亜希ちゃんは、朝ちゃんの出産後もしばらくは会社勤めしていたが、恵麻の誕生をきっかけに退職してハウスワークをメインで担うことになった。そのおかげで花乃子はすぐに仕事に復帰できたのだという。かといって亜希ちゃんに収入がないというわけではなく、彼女のハウスワークには他三人から対価が毎月支払われている。加えて、花乃子の作家業に関する経理処理やスケジューリング等の秘書業務も担当しており、それにも報酬が発生しているらしい。一般的な専業主婦のように、家事労働の代わりに生活費が免除される方式にしなかったのは、「収入がないとお小遣いを貰わなきゃいけなくなっちゃうから」だという。これらも全て親たちから直接聞いたわけではなく、花乃子のエッセイ漫画に描かれていた情報だ。

母親たちの中でいちばん世話してくれているのは亜希ちゃんだけど、いちばん「お母さん」ぽいかって言われるとそうでもなく、恵麻にとってはいちばん心配性な人って感じだ。前髪がうねるのが嫌とか太りにくい食事を用意してほしいとかそういう日常の些細なことと、単に肯定されたい気分の時は亜希ちゃんに言う。

進路とかシビアな相談は澪ちゃんにすることが多い。相談事をするには亜希ちゃんは優しすぎるし、百合子ちゃんは無邪気に強者の理論を突きつけてくるきらいがある。澪ちゃんは、現実的で、合理的で、それでいて完璧すぎなくていい。自分もパリについていくべきか相談した時も、通うことになる現地の学校の種類や日本の高校の復学制度、大学入試の帰国子女枠などの仕組みをまとめた資料をつくってくれた。軽い気持ちで受け取ったそのA4用紙五枚の資料は、複雑な色分けと章立てがされた手の込んだもので、感謝よりまずちょっと引いてしまった。母親たちがよく言っているのを真似して「ありがとう澪ちゃん。さすがジャパニーズトラディショナルカンパニーだね」と言うと、「なんか勘違いしてるみたいだけど、それ会社名じゃないからね」と釘を刺された。

澪ちゃんが新卒入社したジャパニーズトラディショナルカンパニーに勤め続けている一方で、複数回の転職ののちに独立したという百合子ちゃんは、母親たちの中でいちばん何をやっているかわからない。しょっちゅう旅行に行っているのでまさか誰かの愛人とかなのではと思って澪ちゃんにそれとなく探りを入れたら笑って否定され、「何なら百合子がいちばん稼いでるし、あれはもう気分で仕事請け負えるフェーズの人間なんだよ」と言われた。

愛人疑惑は晴れたが、百合子ちゃんには常に何となく男の人の影があり、実際に数年前までかなり年下のさっぱりした男性と交際していた。かっこよくて恵麻にも優しくしてくれたし、百合子ちゃんに惚れ込んでいる様子だったので、「どうやったらあんな良い人と付き合えんの？　まさかお金払ってる⁉」と問い詰めると、百合子ちゃんは「私は結婚する必要がないからモテてんだよ」と事もなげに言った。

百合子ちゃんの言葉通り、この人たちはてっきりもう結婚とかしないもんだと思っていたが、花乃子のパリ行きを知らされた時、もしかして、自分はすごく不安定な足場の上に立っているんじゃないか？　という気持ちになったのだ。この先母親たちがそれぞれ結婚したくなっちゃったら、私っていったいどうなんの？

友人の多くは、大学卒業後どんな仕事をして何歳くらいで結婚して子どもは何人ほしくて、とか、そういう将来設計をすでに持っているようだった。それでいて、進学校に通っているからかもしれないが、みんな自分は良い選択肢を選び続けることができ、それなりの幸せを摑むことができるというような、漠然とした自信を持っているように思えた。

でも恵麻は、そうした将来設計めいたものを一切持っていなかった。多分大学は出る、就職もする、でもそのあとのことがまったく思い描けないのだった。母親が四人いる家に生まれ育ったせいか、血縁関係や恋愛結婚といったものへの執着がほとんどない。恵麻はそれを、ずっと恵まれたことだと思っていた。とらわれるものは少なければ少ないほどよく、自分は自由な価値観を持っていると思っていた。この家では、澪ちゃんと百合子ちゃんは出産をしていない。でもどっちも恵麻の母親だ。だから自分も、強くそう望まなければ、男と結婚する必要もないし出産をする必要もないのだと思っていた。

でも自分がこの先何かを強く望むことってあるのだろうか？

「自分らしく」「ありのままの自分で」「性別にとらわれず」全部わかる、言ってること全部しっくりくる、今のところ何も抑圧されていない。

恵麻は将来のことを考えた時、選択肢が多すぎて何も選べないまま広大な家電量販店にひとり立ち竦《すく》んでいる自分の姿が思い浮かぶのだった。

なんかこの先自分が本当にどうしたいのかわからないまま、ぼうっと年取って死んでくんじゃないかと思ってしまう。

景都先輩によって掻き立てられる感情は、恵麻がこれまで抱いたことのない新しい欲望のかたちだった。でもそれは将来につながるものではなかった。たとえばこれからどんどん親密さを増してゆき、最終的には二人で一緒に暮らす未来を想像してみたこともある。でも、すぐにそういうんじゃないな、と思い直した。景都先輩への憧れを募らせる一方で、親しくいられるのは人生のうちのごくわずかな期間だろうという妙な確信があった。遅くとも、先輩が引退する頃には疎遠になるであろう持続不可能なこの関係が愛おしいのだった。

SNSのアカウントを開き、味も素っ気もなかった自分のプロフィール文を「試験管生まれシェアハウス育ち」と書き換えた。更新ボタンをタップして数分のうちに浦部先輩から「最高」とメンションが届いた。

美礼ちゃんが、恵麻のプロフ画面を開いて「何これー」と言った。顔は笑っているが、引いてるっぽかったので「いやーその場のノリで」と曖昧に誤魔化した。美礼ちゃんは学校中のめぼしい人間のアカウントを隈なくチェックしており、昨日部活後に恵麻がファミレスでだべっていたことももちろん把握している。

恵麻のカーディガンを汚してしまったからといって、景都先輩がお下がりのカーディガンをくれた。自分では選ばないような深緑色で、おそらく恵麻のより上等なものだった。きっと景都先輩が言うところの「搾取に加担していない」メーカーのものなんだろう。手触りがよく、かすかに良いにおいもした。

一段階打ち解けた気持ちで和やかに始まった今日のバンド練だったが、我々の完成度にまるで満足していない浦部先輩の度重なる修正指示により、次第に雲行きが怪しくなっていった。

リテイクは主にリードの景都先輩に向けられていた。同じ箇所で何度もストップがかかるので、景都先輩は初めのうちこそ申し訳なさそうに楽譜にぐちゃぐちゃっと何か書き込んでいたが、最終的には表情もほとんどなくなり、ごくわずかに頷くだけになった。

学祭本番までは一週間を切っていた。当日のセトリは耳馴染みのあるヒットソングのカバーを中心に組まれていたが、最後の一曲には浦部先輩が作ったオリジナル曲を据えており、その曲への熱の入《はい》りようは段違いだった。景都先輩に向けられた執拗な要求は辛抱強いものではあったが、複雑なピッチや英詞部分の発音をうまく掴めず、だんだんと混乱して投げやりになりつつある景都先輩に、ついに浦部先輩は「だから何度も言ってるけど俺の曲を雰囲気で歌わないで」とぴしゃりと言った。これまでタブレットばかりに目をやって俯きがちだった景都先輩は、蛇の目を大きく見開き、まっすぐ彼を見つめた。

浦部先輩はそれにには反応せず、恵麻の方を振り返って言った。

「ごめんちょっとここかわりに歌ってみてくれる？」

自分のパートを確認することに必死で反応が遅れ、「恵麻？」と再度声をかけられる。

「あ、はい、私ですか」

脳内で浦部先輩が景都先輩に出していた指示を慌ててひとつひとつチェックし、自分のパートに引っ張られないように情報を再構築する。「いい？　いくよ」浦部先輩のカウントに合わせて発声する。全員が恵麻を見ている。

「そう！　そうだよその感じ！　景都わかる？　俺が言いたかったのは」

手を叩いて声を張り上げる浦部先輩を遮って景都先輩が吐き捨てるように言った。

「わかったわかったわかったよじゃあもうさあ、私じゃなくて恵麻がリードやったらいいじゃん。私、浦部の言ってることずーっといまいちピンと来てないしこの先も一生あんたの正解出せないよ多分。ずっとだよ」

ごめん飲み物買ってくる、と足早に教室を出て行った景都先輩のあとを浦部先輩が追っていった。

残された恵麻たち四人は、マジかよ？　という想いを隠さずに顔を見合わせた。

しばらく個人練を続けていたが、程なくして浦部先輩からごめん今日は解散で！　とメッセージが入った。不安げな恵麻に、先輩たちは「大丈夫、明日には多分元通りになってるから」と励ますように言った。

帰宅して風呂から上がると、浦部先輩から「電話できる？」とメッセージを受信していたので、おそるおそる電話をかけた。相手が美礼ちゃんであれば寝そべってリラックスするところだが、何となくベッドに腰掛けて姿勢を正す。コールしている間、初めて電話をかける緊張感でじんわりと汗がにじむ。数コールで「あー、恵麻？」と出た浦部先輩の声は、普段より心持ち低く、かすれて聞こえた。

「風呂入ってた？　俺もー」

浦部先輩はなかなか本題に入ろうとせず、さっきクラスの奴から聞いたんだけどさー、とどうでもいい話を一方的に話し続けていたが、ようやく「今日ごめんね、あんな感じになっちゃって」と切り出した。

「いえ、私は大丈夫ですけど、景都先輩大丈夫でしたか？」

「大丈夫っちゃ大丈夫だし、大丈夫じゃないっちゃ大丈夫じゃないね。本人は、俺と組むのは学祭のステージを最後にしたいって言ってる」

「そんな」

「説得しようとは思ってるけどね？　景都とは入学した時からずっと一緒にやってきたし、景都のイメージで曲も作ったわけだし。でももしバンド解散することになったら、恵麻、俺んとこのリードになってよ。今日ほんとびっくりしたんだよ、恵麻は俺の思い描いてることそのまま表現してくれるんだなって」

放心している恵麻に、浦部先輩は続けて「それとは別にさ、学祭終わったら二人でどっか出かけない？」と照れくさそうに言った。

まあ諸々考えといてよ、と通話は切られた。

洗いっぱなしでドライヤーをかけそびれていた髪が、首から体を冷やす。

長く続く関係ではないとは思っていたが、予想より早く景都先輩との別れが来るかもしれないという落胆と、降って湧いたリードボーカルの誘いに感情が追いつかなかった。立ち上がる気になれず、スリープモードになったスマホをじっと見つめる。

リードを任せてもらえるのだろうか？　私が？

たとえリードじゃなくても、歌うのは好きだ。気持ちいいし、生きてるって感じがする。自分の人生の取るに足らなさから、歌っている間だけは解放される気がした。

でもその気持ちよさの裏に、ずっと冷たい虚しさもあった。まだあんたは本当の気持ち良さを知らないよと、見知らぬ誰かにずっと囁かれ続けているのだった。

美礼ちゃんにバンドは学祭までになるかもしれないと伝えると、残念だねーという言葉とは裏腹にちょっと安堵したような表情を見せた。恵麻はそれが全く意外ではなく、また不思議と不快でもなかった。

浦部先輩と二人で出かけることになったことも打ち明けると、こちらは想像をはるかに超える熱量で「えっ⁉」と驚かれ、食いつかれた。どこ行く、何着てく、どんなメイクする、と恵麻が何も考えていなかったすべてを自分のことのように心配して頭を抱えてくれて、なんか今私たち、急に友達っぽいなと思った。

それからの部活は、景都先輩も浦部先輩も、まるで何事もなかったかのように練習を続けている。だけど、学祭後このバンドがどうなるのかは一切知らされていない。

淡々と練習している景都先輩を盗み見る。浦部先輩への怒りに打ち震えていた彼女は息を呑むほど綺麗だった。見開かれた目はその大きさに比して黒目が小さく、自分に向けられた視線ではないのに鋭さに射抜かれそうな思いがした。肺活量や正確性には物足りない部分もあるものの、湿っぽさの中にラフさもある特徴的な声質やその立ち居振る舞いは、真ん中に立つ人間の風格を感じられた。この人の代わりになれるとは到底思えなかった。

景都先輩をイメージして曲を作ったと浦部先輩は言っていたが、練習を重ねるほどに、自分とは彼女の解釈が違うと思った。浦部先輩の楽曲には彼がひけらかしたいある種の複雑さが詰め込まれているが、それは景都先輩が持つ複雑さの性質とは微妙に異なっている気がする。

不意に、自分にも曲が作れたら良かったなと思う。リードをやるよりも、自分の作った曲を景都先輩に歌ってもらえたらその方がよほど気持ちいいんじゃないだろうか。これまでに、作曲を試みたこともないわけではなかったが、自分の発想の陳腐さに耐えきれず、一曲たりとも完成まで至らなかったのだ。

恵麻はずっと上の空だったが自分でも驚くほど音が外れず、やっぱり自分はコーラスが向いてるんだな、と他人事みたいに思った。それなのに、コーラスに胸を張れない自分を浅ましく思った。

練習後は、これまでと同じように、景都先輩と浦部先輩と三人で帰路についた。いつも景都先輩が最初に電車を降り、三駅分だけ浦部先輩と二人きりになる。これまでと違うのは、景都先輩が降車して電車のドアが閉まってから、浦部先輩が半歩分こちらに体を寄せるようになったことだ。ファッションなのか天然なのかよくわからないウェーブがかった先輩の髪が、恵麻の側頭部に軽く触れる。

浦部先輩の降車駅に間もなく到着するという頃、「腹減んない？　何か食べてく？」と尋ねられた。

急な誘いに怖気付きながら、今日は三年ぶりに母親がパリから帰国したので、と断った。

　恵麻は、彼のことを、欲しい言葉を即座にくれる、頭の回転が速くてサービス精神を持った人だと思っていた。しかし、それは部活中に見せる彼の姿であり、不思議と二人でいる時の彼は全くもってその逆だった。しばしばもってまわった言い方をされたり、言葉が足りなかったりした。今だって、寄り道したいのなら下車直前ではなくもうちょっと早めに打診してほしかった。無駄に意表をつかないでほしい。

　それに、恵麻が今一番聞きたいのはバンドの進退であって、そのことを彼もわかっているはずなのに何も教えてくれないことに対してじくじくと不信感が大きくなっていった。

　浦部先輩が降りて一人になると、やっと本当の帰り道という気持ちがする。学校も自宅も微妙に不便な場所に位置しているので、同じ都内なのに電車を乗り継いで一時間以上かかる。母親たちは、かつてはもっと利便性の高いエリアのマンションでルームシェアしていたそうだが、第二子となる私の誕生をきっかけに、二世帯向けに作られた一軒家を共同購入したのだという。

　学校には渋谷区とかに住んでる友達もいてビビるけど、千葉あたりから二時間近くかけて通ってる子もいるし、まあ都内に住めてるだけラッキーだなと思うことにしている。

　自宅のロックを解除してドアを開けた瞬間、玄関まで笑い声が響き、にんにく料理のにおいが漂ってきた。ちょっと気まずさを感じながらリビングに入ると、花乃子が「おかえり～」と今朝別れたばかりのような挨拶で恵麻を迎え入れた。

　三年ぶりに会う実の母親は、時々ビデオ通話はしていたのでそれほど久しぶりな感じはしないけど、いやに生々しさがあり、思えばオンラインだとデフォで適用される補正機能越しの顔の方に目が慣れてしまっていたのだった。花乃子の顔については何とも思わないが、補正のかかっていない自分の顔の方を急に恥ずかしく思った。

「寂しかった？」

「ええー？　花乃子がいなくても澪ちゃんも亜希ちゃんも百合子ちゃんもいたし。むしろ人口密度減って快適だったよ」

花乃子は、そりゃそうだよね～、と恵麻の返答なんてまるで意に介さないふうに、酒を飲み続ける。

テーブルには亜希ちゃんが腕をふるった料理が並び、部屋の隅には空き瓶空き缶が雑にまとめられていた。別に今更話すことないなと思ったが、無理に口をきかなくても母親四人は好き勝手大騒ぎしており、恵麻はただ黙々とご飯を食べていればよかった。

思えば、これまでの人生で、実の母親である花乃子と過ごした時間がいちばん短いかもしれない。亜希ちゃんは基本的に家にいるし、澪ちゃんと百合子ちゃんも自宅で仕事をしていることが多いけど、花乃子は仕事部屋として近所にマンションを借りていたから、原稿の具合によっては一週間とか顔を合わせないこともあった。

すでに花乃子のフランス面白エピソードトークは一段落したみたいで、四人の母親たちは、あの時花乃子がこう言ったとか澪が何したとか何十年前の話をつい最近のことみたいに蒸し返して盛り上がっている。「よくそんな大昔のこと細かく覚えてるね」と言うと、百合子ちゃんが「いや～共有する相手がいる記憶ってのはさー、ちっとも薄れないんだよね」と言い、「そうなんだよね～」と澪ちゃんも同意した。

「わかる、逆に言うと、誰とも共有されない思い出って驚くべき速さで消え去るよね。私、昔勤めてた職場とかもう誰とも連絡とってないし、すごい速さで忘れちゃったもん。今となっては会社名思い出すのがギリ」

亜希ちゃんが言い、「それで言うと、私は漫画に描いたこと以外は結構すぐ忘れちゃうな～。漫画に描けば絶対忘れないんだけど」と花乃子が言ったので、思わず「私のことは漫画に描かないくせにね」と口を挟んだ。

花乃子は火照った顔で目を丸くした。

「恵麻のこと描いてるよ、めちゃくちゃ」

「描いてないじゃん。一回も」

「わかってないなー。私は恵麻のこと数えきれないくらい漫画に描いてるよ。それとわかるように描いてこなかっただけで」

花乃子は楽しげにワイングラスをゆすって続けた。

「五十年近く生きてると、ああ、私は今この瞬間を描き残すために漫画を描いてるんだ、漫画描いててよかった、って思うような瞬間が、ときどきあるよ」

悦に入っている姿が癪に障り、花乃子の目をまっすぐ見つめたくなくてその後ろの少し日に焼けた壁を注視していると、これまですっかり忘れていたが、幼い頃その壁に自作の家族通信を張り出していたことを不意に思い出した。裏紙を利用したその手製のニュースペーパーには、花乃子が亜希ちゃんのつくった餃子を食べすぎて吐いたこと、百合子ちゃんの彼氏が変わったこと、朝ちゃんが歯磨き中に走り回って澪ちゃんに超怒られたことなど、家族のニュースを書き綴っていた。少女漫画雑誌の読者コーナーの語り口調を真似たその文体を、花乃子はすごく面白がってくれた。そして、用紙の端っこには必ず自分を主人公とした四コマ漫画も載せていたのだった。

それは別に失われたままで支障ない記憶だったが、脳内に記憶の詰まった弾丸を撃ち込まれたかのように突然鮮やかに思い出した。思い出してみれば、何でこんなにすっかり忘れていたのだろうと恐ろしく思った。亜希ちゃんは、誰とも共有されない思い出は驚くほど早く消え去ると言った。恵麻にとって、忘れたくない記憶とは何だろうか、と考えて、まず景都先輩の顔が思い浮かんだ。多分じきに思い出になる景都先輩。恥ずかしがらず、もっとたくさん美礼ちゃんに部活の話をすればよかった。その時自分が夢中だったものについて、話を聞いてもらえばよかった。でも美礼ちゃんともきっとクラスが変われば疎遠になるし、じゃあ私の愛おしい記憶はいったい誰と一緒に抱えていけばいいんだろう。

スマホが震えたので通知を確認すると、浦部先輩から「楽しんでるー？」とメッセージが入っていた。既読をつけてしまったので、宴会の様子を軽く写真に撮って送った。

母親たちは思い出話に飽きたのか、今度は七十歳になったら何して遊ぼうかという話で盛り上がり始めた。

「さすがにもう働いてないと思いたいよな〜」

「なんかめっちゃ時間かかる趣味ほしい。油絵とか」

「逆にラクロスとか超激しいスポーツするのは？」

「命懸けじゃん」

「つか七十って最悪一人くらい死んでる可能性あるよね？」

「さすがにないでしょ」

「最初に死にたくもないけど最後に死にたくもないな〜」

「じゃあさー公平に全員生きてるうちに共同の生前葬しとく？」

この人たちは、ずっと四人でいるのだな。

四人で朝ちゃんと私を育て、花乃子が渡仏して三人になったかと思いきや、結局ここに帰ってきてまた四人になった。

そうやって、少しずつかたちを変えながらも、ゆるやかに続いてゆくのだろう。

花乃子の作品の中で最も長く続いたシリーズは全二十一巻で連載を終えた。家族で夢中になって見ていたシットコムはシーズン12で終わった。でもこの人たちは、ずっとずっとこのまま、物語をやり続けるのだな。

恵麻はその物語の登場人物ではあるけど、主人公ではない。

スマホが震えたので画面を見ると、また浦部先輩からのメッセージを受信していた。内容を確認しないままテーブルに伏せる。

将来一緒に暮らしたいと思えるような人間を、この先一人だって見つけることができるだろうか。そもそも私の世代がこの水準の暮らしをやろうと思ったら、八人くらい集めなきゃならないのかもしれない。

日本はどんどん衰退していってるらしい。生まれた時からこうだから実感はないけど、景都先輩もインターネットの人たちもそう言ってる。昔はもっと豊かで、子どもがたくさんいて、飛ぶ鳥落とす勢いの「先進国」だったんだって大人たちは言う。昔とは違うんだって。そんなこと言われ続けてたら実感はなくても割食ってる気持ちにはなる。

「あーあ、なんか私って、男と結婚するしかないのかな」

そう言うと、一瞬沈黙のあったのち、母親たちが火のついたように笑い出した。

子どもの頃から、別にウケを狙ってない発言で母親たちが爆笑することがあって、その度に恵麻は燃えるような羞恥を感じるのだった。個別に話せば分別があるのに、四人揃うとこの人たちは本当にデリカシーがなくなるのだ。

恵麻は主人公ではないから、大事な日に寝坊もしないし、前髪を切り過ぎたりもしない。リードボーカルの景都先輩が突然倒れて急遽代打を任されるなんてハプニングも、もちろん起こらない。

結局その後景都先輩と浦部先輩の関係は完璧に元に戻ったので解体の話はなくなり、当然私がリードを務める話もなくなった。他の先輩がこっそりと教えてくれたが、だいたいこのようなことはこれまでにも何度か繰り返されており、私の前任の先輩もそれに嫌気が差して抜けたらしい。

「私もそろそろ疲れちゃったかな」と彼女は言った。「だから恵麻ちゃんも無理せず、同じ学年の子と上手くやれたらそれがいちばんいいんじゃないかな？」

景都先輩と浦部先輩による、恋愛関係を超越した関係ってのはどうやら今後も続く見込みみたいだ。浦部先輩は、特別な関係を景都先輩と築いていく一方で、既存の特別でない恋愛関係を恵麻で埋めようとしたのだろう。

今日は雲ひとつない秋晴れで、顔も知らない父親譲りの色素の薄い髪は、陽の光を浴びてほとんど金色に見える。

出番の直前、後ろからそっと近づいてきた浦部先輩が、恵麻の腰にそっと手を添え、耳元で「二人でどこ行きたいか、考えといて」と言った。また美礼ちゃんに相談しなきゃ、と思った。

中庭に設えられた特設ステージに上がると、出会い目的っぽい女子高生のグループや、受験生の親子らしい来場客、浮かれた仮装をしている在校生らがひしめいているのを一望できる。

中央後方には、女子数人で寄り集まって、動画を撮影しようとスマホを構えている美礼ちゃんの姿があった。

別に探したわけでもないのに、恵麻から見て右奥に陣取っている四人の母親たちの姿もすぐに見つけることができた。誰かの発言に大口開けて笑っているのが遠目にもわかる。

浦部先輩の合図で恵麻たちは歌い始める。アレンジ強めのイントロに怪訝そうにしていた観客たちは、景都先輩が歌い出すと歓声を上げ、頭の上で手を叩いた。横一列で並んでいる恵麻には彼女の姿を見ることができないが、さぞかしかっこいいのだろうと思う。

恵麻には思想がない。政治もどうだっていい。面白い女じゃないし、家族になれそうな友達もいない。歌はうまいけど表現力がない。作曲の才能もない。

普通に男が好きだし、肉も卵も食べるし、プロダクトに込められたコンセプトにも興味がない。プレゼンもディスカッションも大嫌い。いくら日本が落ちぶれても安全で清潔なこの国に生まれてラッキーだったと思う。

学祭が終わったらバンドを抜けて、自分のために曲を作ろう。リードは向いてないし、作曲の才能もないかもしれないけど、せめて一曲は最後まで完成させたい。思い出を共有してくれる友人が今後現れなかったとしても、いつか忘れたくないと思える瞬間が訪れた時に、作曲ができてよかったって思えたらいい。うまくいかないかもしれないけど、それでもう一段階歌うことを好きになれる気がした。

往年のヒット曲を集めたセットリストに、観客たちは大いに盛り上がり、飛び跳ね、体を揺らしていた。中庭後方では、四人の母親たちが人目を憚らず踊り狂っている。集中力を欠かないよう、なるべく目線を向けないようにする。

ラスト一曲となった時、浦部先輩が凛とした声で宣言した。

「ラストは僕たちのオリジナルの曲で締めたいと思います。メロウな感じに仕上がってるのでぜひ皆さん踊ってやってください」

そして恵麻たちは再び歌い出す。それまで沸いていた観客たちは明らかに戸惑っている。雲一つない晴天のもと、真っ昼間にメロウなオリジナル曲で踊れるわけあるか？　景都先輩の誘導に合わせて、観客たちは控えめに手を叩き、体を揺らした。そんな中で、視界の端に入り続けている四人の母親たちは変わらず踊り続けていた。その集団は明らかに異様で、ほかの観客たちから遠巻きにされていた。

ほどなくして恵麻たちのステージは終わり、観客たちの拍手の中深く頭を下げた。顔を上げると、曲が終わったのにもかかわらず母親たちが踊り続けているのが目に入った。パフォーマンス中は見ないようにしていたが、歌い終えると、恵麻は母親たちから目を離せなくなってしまった。リズムもめちゃくちゃだし揃ってもいなかった。しかし、四人は何か強い意志を持って踊り続けているように見えた。

幼い頃、母親たちに自分の名前の由来を尋ねたことがあった。すると花乃子は、「由来とかないよ。なんかかわいいっぽいし呼びやすいから決めた」と言った。予期せぬ回答に面食らって、「は？　そんだけ？　適当にきめたの？　意味とかなんかないの？」と聞くと、花乃子は「いや、むしろ意味とか願いとかを込めたくなかったんだよ、あんたたちの名前に。どういう人間になりたいかは自分で決めた方がいいかと思って」と言ったのだった。

恵麻は母親たちが踊りをやめるのを見届けることなくステージを去った。なぜなら恵麻の出番は終わったから。

私は主人公じゃない。歌はうまいけど表現力がないし、唯一無二の親友もいない。

私には母親が四人いる。そして母親たちは、すごく仲がいい。

でもそれは、私の物語ではない。

初出
あわよくば一生最強　「小説新潮」２０１９年５月号
イケてる私たち　「小説新潮」２０２０年５月号
ニーナは考え中　「小説新潮」２０２２年１月号
よくある話をやめよう　「小説新潮」２０１８年11月号
勝手に踊るな！　書下ろし
女と女と女と女　「小説新潮」２０２３年２月号

書籍化にあたり加筆・修正をしています。

装画　牛久保雅美

小林早代子（こばやし　さよこ）

一九九二年、埼玉県生まれ。

早稲田大学文化構想学部卒業。

二〇一五年、「くたばれ地下アイドル」で第14回「女による女のためのR－18文学賞」読者賞を受賞し、同作にてデビュー。

本作が二作目の単行本となる。

# たぶん私《わたし》たち一《いっ》生《しょう》最《さい》強《きょう》

著 者

小《こ》林《ばやし》早《さ》代《よ》子《こ》

発 行

2024年 7 月25日

発行者 佐藤隆信

発行所 株式会社新潮社

〒162-8711 東京都新宿区矢来町71

電話 編集部 03-3266-5411

読者係 03-3266-5111

https://www.shinchosha.co.jp

装幀

新潮社装幀室

印刷所

錦明印刷株式会社

製本所

加藤製本株式会社

乱丁・落丁本は、ご面倒ですが小社読者係宛お送り下さい。
送料小社負担にてお取替えいたします。
価格はカバーに表示してあります。



ISBN978-4-10-351762-7　C0093